Francesca Loi

ALESSANDRO BARICCO

Castelli di rabbia

BIBLIOTECA UNIVERSALE RIZZOLI
LA SCALA

ISBN 88-17-10611-9

prima edizione BUR La Scala: ottobre 1997
settima edizione BUR La Scala: dicembre 1999

Und wir, die an steigendes Glück...

UNO

1

– Allora, non c'è nessuno qui?... BRATH!... Ma che canchero, sono diventati tutti sordi quaggiù... BRATH!

– Non strillare, ti fa male strillare, Arold.

– Dove diavolo ti eri cacciato... è un'ora che sto qui a...

– Il tuo calesse è a pezzi, Arold, non dovresti andare in giro così...

– Lascia perdere il calesse e prendi 'sta roba piuttosto...

– Cos'è?

– Non lo so cos'è, Brath... che ne so io... è un pacco, un pacco per la signora Rail...

– Per la signora Rail?

– È arrivato ieri sera... Ha l'aria di venire da lontano...

– Un pacco per la signora Rail...

– Senti, vuoi prendertelo, Brath? Devo tornare a Quinnipak entro mezzogiorno...

– Okay, Arold.

– Per la signora Rail, mi raccomando...

– Per la signora Rail.

– Va be'... non fare fesserie, Brath... e fatti vedere

ogni tanto in città, finirai di marcire a stare sempre quaggiù...

– Hai un calesse che fa schifo, Arold...

– Ci vediamo, okay?... Su, bello, via... Ci vediamo Brath!

– Non ci andrei tanto veloce su quel calesse, EHI, AROLD, NON CI ANDREI... Non dovrebbe andarci tanto veloce su quel calesse. Fa schifo. Un calesse che fa schifo...

– Signor Brath...

– ... capace che si sfascia solo a guardarlo...

– Signor Brath, l'ho trovata... ho trovato la corda...

– Bravo Pit... mettila lì, mettila nel carro...

– ... era in mezzo al grano, non si vedeva...

– Va bene, Pit, ma adesso vieni qui... posala quella corda e vieni qui, ragazzo... ho bisogno che torni su alla casa, subito, hai capito?... Tieni, prendi questo pacco. Corri a cercare Magg e daglielo. Senti... Dille che è un pacco per la signora Rail, okay? Le dici: è un pacco per la signora Rail, è arrivato ieri sera e ha l'aria di venire da lontano. Hai capito bene?

– Sì.

– È un pacco per la signora Rail...

– ... è arrivato ieri sera e... e viene da...

– ... e ha l'aria di venire da lontano, così devi dire...

– ... da lontano, okay.

– Va bene, corri... e ripetilo mentre corri, così non te lo dimentichi... forza, vai ragazzo...

– Sì, signore...

– Ripetilo a voce alta, è un sistema che funziona.

– Sì, signore... È un pacco per la signora Rail, è arrivato ieri sera e... è arrivato ieri sera e ha l'aria...

– CORRERE, PIT, HO DETTO CORRERE!

– ... di venire da lontano, è un pacco per la signora Rail, è arrivato ieri e ha l'aria... di venire da lontano... è un pacco per... la signora Rail... per la signora Rail, è arrivato ieri sera... e ha l'aria di... ha l'aria di venire da lon... lontano... è un pacco.... è un pacco per la signora... ... è arrivato da lontano, no, ieri è arrivato....... è arrivato..... ieri......

– Ehi, Pit, ti ha morso il demonio, per caso? Dove scappi?

– Ciao, Angy... è arrivato ieri... cerco Magg, l'hai vista?

– È giù nelle cucine.

– Grazie, Angy... è un pacco per la signora Rail... è arrivato ieri... e ha l'aria... ha l'aria di venire da lontano....... da lontano..... lontano... è un pacco..... Buongiorno, signor Harp!... per la signora Rail... è arrivato ieri... e ha... è arrivato ieri e ha....... è un pacco, è un pacco per la signora... signora Rail... e ha l'aria di venire... Magg!

– Piccolo, che succede?

– Magg, Magg, Magg...

– Cos'hai in mano, Pit?

– È un pacco... è un pacco per la signora Rail...

– Fammi vedere...

– Aspetta, è un pacco per la signora Rail, è arrivato ieri e...

– Allora, Pit...

– ... è arrivato ieri e...

– ... è arrivato ieri...

– ... è arrivato ieri e ha l'aria lontana, ecco.

– L'aria lontana?

– Sì.

– Fai vedere, Pit... l'aria lontana... è solo pieno di scritte, vedi?... e io credo di sapere da dove arriva... Guarda, Stitt, è arrivato un pacco per la signora Rail...

– Un pacco? Fa' sentire, è pesante?

– Ha l'aria lontana.

– Sta' buono, Pit... è leggero... leggero... cosa dici Stitt, non ha tutta l'aria di essere un regalo?...

– E chi lo sa, magari è del denaro... o magari è uno scherzo...

– Sai dov'è la padrona?

– L'ho vista che andava verso la sua stanza...

– Senti, tu resta qui, io salgo un attimo...

– Posso venire anch'io, Magg?

– Dài, Pit, ma fa' veloce... Torno subito, Stitt...

– È uno scherzo, secondo me è uno scherzo...

– Vero che non è uno scherzo, Magg?

– E chi lo sa, Pit.

– Tu lo sai ma non vuoi dirlo, eh?

– Io forse lo so ma non te lo dirò, no... chiudi la porta, dài...

– Non lo dico a nessuno, giuro che non lo dico...

– Pit, sta' buono... poi lo saprai anche tu, vedrai... e forse ci sarà una festa...

– Una festa?

– Qualcosa del genere... se qui dentro c'è quel che penso io domani sarà un giorno speciale... o magari dopodomani, o fra qualche giorno... ma ci sarà un giorno speciale...

– Un giorno speciale? Perché un giorno spe...

– Sssst! Fermati qui, Pit. Non muoverti da qui, va bene?

– Va bene.

– Non muoverti......... Signora Rail... scusi, signora Rail....

Allora, solo allora, Jun Rail sollevò il capo dallo scrittoio e girò lo sguardo verso la porta chiusa. Jun Rail. Il volto di Jun Rail. Quando le donne di Quinnipak si guardavano allo specchio pensavano al volto di Jun Rail. Quando gli uomini di Quinnipak guardavano le loro donne pensavano al volto di Jun Rail. I capelli, gli zigomi, la pelle bianchissima, la piega degli occhi di Jun Rail. Ma più di ogni altra cosa – sia che ridesse o urlasse o tacesse o semplicemente stesse lì, come ad aspettare – la bocca di Jun Rail. La bocca di Jun Rail non ti lasciava in pace. Ti trapanava la fantasia, semplicemente. Ti impiastricciava i pensieri. "Un giorno Dio disegnò la bocca di Jun Rail. È lì che gli venne quell'idea stramba del peccato." Così la raccontava Ticktel, che sapeva di teologia, perché aveva fatto il cuoco in un seminario, così almeno diceva lui, era una prigione dicevano gli altri, stupidi è la stessa cosa diceva lui. Nessuno potrebbe mai riuscire a disegnarlo, dicevano tutti. Il volto di Jun Rail, ovviamente. Stava nella fantasia di chiunque. Ed ora stava anche lì – soprattutto lì – girato verso la porta chiusa, perché da un attimo si era sollevato dallo scrittoio per guardare la porta chiusa e dire

– Sono qui.
– C'è un pacco per lei, signora.
– Entra, Magg.
– C'è un pacco... è per lei.
– Fammi vedere.

Jun Rail si alzò, prese il pacco, lesse il suo nome scritto in inchiostro nero sulla carta marrone, rigirò il pacco, alzò lo sguardo, chiuse per un istante gli occhi, li riaprì, tornò a guardare il pacco, prese il tagliacarte sullo scrittoio, tagliò lo spago che lo teneva insieme, aprì la carta marrone e sotto c'era una carta bianca.

Magg fece un passo indietro verso la porta.

– Resta, Magg.

Aprì la carta bianca, che avviluppava una carta rosa, che impacchettava una scatola viola dove Jun Rail trovò una piccola scatola di panno verde. La aprì. Guardò. Non si mosse nulla nel suo viso. La richiuse. Allora si voltò verso Magg, le sorrise e le disse

– Sta per tornare il signor Rail.

Così.

E Magg corse giù con Pit a dire *Sta per tornare il signor Rail* e Stitt disse *Sta per tornare il signor Rail*, e per tutte le stanze si sentiva mormorare *Sta per tornare il si-*

gnor Rail, finché qualcuno gridò da una finestra *Sta per tornare il signor Rail*, e così per tutti i campi si mise a correre la voce *Sta per tornare il signor Rail*, da un campo all'altro, giù fino al fiume dove si sentì una voce urlare *Sta per tornare il signor Rail* così forte che nella fabbrica di vetro ci fu chi lo sentì e si voltò verso il vicino per mormorare *Sta per tornare il signor Rail*, cosa che rapidamente finì sulla bocca di tutti, nonostante il rumore delle fornaci, che obbligò ovviamente ad alzare la voce per farsi sentire, *Cosa hai detto?, Sta per tornare il signor Rail*, in un bel crescendo generale culminante nella voce che alla fine riuscì a far capire anche all'ultimo degli operai, peraltro sordastro, quel che era successo, sparandogli nelle orecchie una fucilata che diceva *Sta per tornare il signor Rail, Ah, sta per tornare il signor Rail*, una specie di esplosione insomma, che certo dovette risuonare altissima nel cielo e negli occhi e nei pensieri, se perfino a Quinnipak, che pure distava un'ora da lì, perfino a Quinnipak, nemmeno tanto tempo dopo, la gente vide arrivare di corsa Ollivy, scendere da cavallo, sbagliare l'atterraggio, rotolare per terra, bestemmiare Dio e la Madonna, ripigliare in mano il suo cappello e con il culo nel fango mormorare – a bassa voce, come se la notizia gli si fosse rotta nella caduta, sgonfiata, polverizzata – mormorare quasi tra sé e sé:

– Sta per tornare il signor Rail.

Di tanto in tanto il signor Rail tornava. Di regola ciò accadeva un certo tempo dopo che era partito. La qual cosa testimonia l'ordine interiore, psicologico e si potrebbe dire morale del personaggio. A modo suo il signor Rail amava l'esattezza.

Meno facile da capire era perché lui, di tanto in tanto, partisse. Non c'era mai una vera, plausibile ragione perché lo facesse, né una stagione o un giorno o una circostanza particolari. Lui, semplicemente, partiva. Passava giorni a far preparativi, i più grandi e i più insignificanti, carrozze, lettere, valigie, cappelli, lo scrittoio da viaggio, soldi, testamenti, cose così, faceva e disfaceva, perlopiù sorridendo, come sempre, ma con la paziente e disordinata alacrità di un insetto confuso, impegnato in una specie di domestico rito che avrebbe potuto durare in eterno se alla fine, finalmente, non finisse con una cerimonia prevista e doverosa, una cerimonia minuscola, quasi impercettibile e assolutamente intima: lui spegneva la lampada, lui e Jun restavano nel buio, in silenzio, uno accanto all'altra nel letto in bilico sulla notte, lei lasciava scivolare qualche istante di nulla, poi chiudeva gli occhi e invece di dire

– Buona notte

diceva

– Quando parti?

– Domani, Jun.

L'indomani partiva.

Dove andasse, nessuno lo sapeva. Nemmeno Jun. Alcuni sostengono che neanche lui lo sapesse bene: e citano come prova la famosa estate in cui partì il mattino del 7 agosto e tornò la sera del giorno dopo, con le sette valigie intatte e la faccia di uno che stava facendo la cosa più normale del mondo. Jun non gli chiese niente. Lui non disse niente. La servitù disfece le valigie. La vita, dopo un attimo di tentennamento, si rimise in moto.

Altre volte, va detto, era capace di stare via dei mesi. La cosa non spostava di un millimetro una delle sue più radicate consuetudini: non dare la benché minima notizia di sé. Lui, letteralmente, spariva. Non una lettera, niente. Jun sapeva e non perdeva tempo ad aspettare.

La gente, che in genere voleva bene al signor Rail, pensava che andasse in giro per affari.

– È per via della fabbrica di vetro che gli tocca andare fin là.

Così dicevano. Dove fosse *là* rimaneva una cosa vaga, ma almeno era uno straccio di spiegazione. E qualcosa di vero ce l'aveva.

In effetti, di tanto in tanto il signor Rail se ne tornava con in valigia curiosi e munifici contratti: 1500 bicchieri a forma di scarpa (poi rimasti invenduti nelle vetrine di mezza Europa), 820 metri quadri di vetro colorato (sette colori) per le nuove vetrate di Saint Just, una boccia del diametro di ottanta centimetri per i giardini della Casa Reale, e così via. Né si può dimenticare che fu proprio di ritorno da uno dei suoi viaggi che il signor Rail, senza neppure togliersi di dosso la polvere della strada, e senza praticamente salutare chicchessia, corse giù per i prati fino alla fabbrica, e dentro la fabbrica fino allo sgabuzzino di Andersson, e guardandolo proprio dentro gli occhi gli disse

– Ascoltami, Andersson... se noi dovessimo fare una lastra di vetro, ma dovessimo farla grande, capisci?, proprio grande... più grande possibile... e soprattutto... sottile... grandissima e sottile... quanto credi che riusciremmo a farla grande?

Il vecchio Andersson se ne stava lì con i conti delle paghe sotto gli occhi. Non ne capiva niente, lui. Lui che era un assoluto genio per tutto quello che aveva a che fare con il vetro, di paghe non ne capiva nulla. Vagolava per i numeri con stupito stupore. Per cui quando sentì parlare di vetro si lasciò portar via all'amo, come un pesce sfinito dal suo mare, mare di numeri, mare di paghe.

– Be', forse un metro, una lastra di un metro per trenta, come quella che abbiamo fatto per Denbury...

– No, Andersson, più grande... proprio la più grande che riesci ad immaginare...

– Più grande?... Be', si potrebbe provare e riprovare, e potendo spaccarne a decine forse alla fine riusciremmo a farne una davvero grande, forse due metri...

forse anche di più, diciamo due metri per uno, un rettangolo di vetro lungo due metri...

Il signor Rail si lasciò andare contro lo schienale della sedia.

– Sai una cosa, Andersson? Ho trovato un sistema per farla tre volte più grande.

– Tre volte più grande?

– Tre volte.

– E che ci facciamo con una lastra di vetro tre volte più grande?

Così gli chiese, il vecchio: cosa ci facciamo, gli chiese, con una lastra di vetro tre volte più grande?

E il signor Rail rispose.

– Soldi, Andersson. Soldi a palate.

In effetti, a dirla proprio tutta, il sistema che il signor Rail si era portato dietro da chissà quale parte del mondo, chiuso nella mente, sigillato nella fantasia, per poi scodellarlo sotto gli occhi trasparenti di Andersson, era un sistema in tutto e per tutto assolutamente geniale, ma anche, in tutto e per tutto, assolutamente fallimentare. Andersson, però, era un genio del vetro, lo era da un numero infinito di anni, dato che prima di lui lo era stato suo padre e prima di suo padre lo era stato il padre di suo padre e cioè il primo in famiglia che avesse mandato all'inferno il proprio padre e il suo mestiere di contadino per andare a capire come diavolo si lavorava quella magica pietra senza anima, senza passato, senza colore e senza nome che chiamavano *vetro*. Era un genio, insomma, lo era da sempre. E iniziò a pensarci su. Giacché, ovviamente, un sistema doveva effettivamente esserci per fare una lastra di vetro tre volte più grande, e questo, propriamente, era il tratto geniale del sistema del signor Rail: intuire che era possibile farla, prima ancora che a qualcuno fosse mai passato per la testa di averne bisogno. Così ci lavorò, Andersson, per giorni e settimane e mesi. Alla fine mise a punto un sistema che acquistò poi una certa notorietà con il nome di "*Brevetto Andersson delle Vetrerie Rail*", suscitando compiaciuti echi sulla stampa locale e vaghi interessi in alcune spiritose menti qua e là per il mondo. Quel che più conta è che proprio il "*Brevetto Andersson delle Vetrerie Rail*" avrebbe da lì a qualche anno cambiato la vita del signor Rail, lasciando come si vedrà un segno nella sua storia. Storia singolare che comunque avrebbe certo trovato le sue vie per scivolare là dove doveva voleva arrivare, dove era scritto che arrivasse, e che pur tuttavia volle appoggiarsi proprio al "*Brevetto Andersson delle Vetrerie Rail*" per esibirsi in una delle sue più significative giravolte. Così fa il destino: potrebbe filar via invisibile e invece brucia dietro di sé, qua e là, alcuni istanti, fra i mille di una vita. Nella notte del ricordo, ardono quelli, disegnando la via di fuga della sorte. Fuochi solitari, buoni per darsi una ragione, una qualsiasi.

Per cui, anche alla luce del "*Brevetto Andersson delle Vetrerie Rail*" e dei suoi decisivi sviluppi, risulta chiaro come potesse suonare legittima l'idea, sufficientemente diffusa, che i viaggi del signor Rail andassero considerati sostanzialmente come viaggi di lavoro. E pur tuttavia...

E pur tuttavia nessuno poteva realmente dimenticare ciò che tutti sapevano: e cioè tutta una miriade di piccoli fatti, e sfumature, e visibili concomitanze che gettavano una luce indubbiamente differente su quell'assodato e insondato fenomeno che erano i viaggi del signor Rail. Una miriade di piccoli fatti, e sfumature, e visibili coincidenze che neppure più ci si dava pena di citare da quando, come mille rivoli in un unico lago, si erano dispersi nella limpida verità di un pomeriggio di gennaio: quando il signor Rail, tornando da uno dei suoi viaggi, non tornò solo, ma arrivò con Mormy, e guardando Jun negli occhi le disse semplicemente – posando una mano sulla spalla del ragazzino – le disse – proprio mentre il ragazzino fissava il volto di Jun e la sua bellezza – disse:

– Si chiama Mormy ed è mio figlio.

C'era, sopra, il logoro cielo di gennaio. E intorno una manciata di servi. Tutti abbassarono istintivamente lo sguardo verso terra. Solo Jun non lo fece. Guardava la pelle lucida del ragazzino, pelle color sabbia, pelle bruciata dal sole, ma una volta per tutte da un sole di mille anni fa. E il suo primo pensiero fu

"Quella puttana era una negra."

La vedeva, quella donna che da qualche parte del mondo aveva stretto tra le gambe il signor Rail, chissà se per mestiere o per piacere, ma più probabilmente per mestiere. Guardava il ragazzino, i suoi occhi, le sue labbra, i suoi denti, e se la vedeva sempre più distintamente – così distintamente che il suo secondo e limpido e fulminante pensiero fu

"Quella puttana era bellissima."

Due pensieri non riempiono che un attimo. E fu un attimo tutto ciò che quel minimo universo di persone, ritagliato via dalla più generale galassia della vita, e piegato su se stesso dall'emozione di un apparente scandalo – e fu un attimo tutto ciò che quel minimo universo di persone concesse al silenzio. Perché poi, subito, filtrò la sua voce, attraverso lo smarrimento di ognuno, fino alle orecchie di tutti.

– Ciao, Mormy. Io mi chiamo Jun e non sono tua madre. E non lo sarò mai.

Con dolcezza, però. Questo lo possono confermare tutti. Lo disse con dolcezza. Poteva dirlo con malvagità infinita e invece lo disse con dolcezza. Bisognava immaginarselo detto con dolcezza. "Ciao, Mormy. Io mi chiamo Jun e non sono tua madre. E non lo sarò mai."

Quella sera si mise a piovere che sembrava un castigo. E tirò avanti tutta la notte con meravigliosa ferocia. "Una pisciata alla grande" come diceva Ticktel, che sapeva di teologia perché aveva fatto il cuoco in un seminario, così almeno diceva lui, era una prigione dicevano gli altri, stupidi è la stessa cosa diceva lui. Nella sua camera Mormy se ne stava con le coperte tirate fin sopra la testa aspettando tuoni che non arrivavano mai. Aveva otto anni e non sapeva bene cosa gli stava succedendo. Però aveva stampate negli occhi due immagini: il volto di Jun, il più bello che avesse mai visto, e la tavola apparecchiata giù, in sala da pranzo. I tre candelieri, la luce, il collo stretto di bottiglie sfaccettate come diamanti, le salviette con misteriose lettere ricamate sopra, il fumo che saliva dalla zuppiera bianca, il bordo dorato dei piatti, la frutta tutta lucida posata su grandi foglie in una coppiera d'argento. Tutte queste cose e il volto di Jun. Gli erano entrate negli occhi, quelle due immagini, come l'istantanea percezione di una felicità assoluta e incondizionata. Se le sarebbe portate dietro per sempre. Perché è così che ti frega, la vita. Ti piglia quando hai ancora l'anima addormentata e ti semina dentro un'immagine, o un odore, o un suono che poi non te lo togli più. E quella lì era la felicità. Lo scopri dopo, quand'è troppo tardi. E già sei, per sempre, un esule: a migliaia di chilometri da quell'immagine, da quel suono, da quell'odore. Alla deriva.

Due stanze più in là se ne stava Jun, in piedi, con il naso schiacciato sui vetri, a guardare la gran pisciata. E lì rimase fino a che non sentì le braccia del signor Rail intorno ai fianchi, e poi le sue mani che la giravano dolcemente, i suoi occhi che la guardavano stranamente seri e infine la sua voce che era bassa e segreta.

– Jun, se c'è qualcosa che vuoi chiedermi fallo adesso.

Jun incominciò a sciogliergli il foulard rosso che teneva intorno al collo, e poi gli aprì la giacca e a uno a uno i bottoni del gilet scuro, iniziando dal più basso e poi venendo su, lentamente, fino a quello più alto che seppur rimasto ormai solo a difendere l'indifendibile pur tuttavia resistette un istante, giusto un istante, prima di

cedere, in silenzio, proprio mentre il signor Rail si china-
va verso il volto di Jun per dire – ma era quasi un pregare

– Ascoltami, Jun... guardami e chiedimi quello che
vuoi...

Ma Jun non disse nulla. Semplicemente, senza che
un solo angolo del suo volto si muovesse, e assolutamente in silenzio, iniziò a piangere, in quel modo che è un
modo bellissimo, un segreto di pochi, piangono solo con
gli occhi, come bicchieri pieni fino all'orlo di tristezza, e
impassibili mentre quella goccia di troppo alla fine li vin-
ce e scivola giù dai bordi, seguita poi da mille altre, e immobili se ne stanno lì mentre gli cola addosso la loro minuta disfatta. Così piangeva, Jun. E non smise mai, nemmeno per un attimo, mentre le sue mani spogliavano il
signor Rail, e nemmeno dopo, a vederlo nudo sotto di sé
e a baciarlo ovunque, non smise mai, continuò a scioglie-
re il grumo della propria tristezza in quelle lacrime immobili e silenziose – non ci sono lacrime più belle –
mentre stringeva tra le mani il sesso del signor Rail e lentamente passava le labbra su quella pelle liscia e incredibile – non c'erano labbra più belle – e piangeva, in quel
suo modo invincibile, quando aprì le gambe e in un
istante, un po' con rabbia, prese il sesso del signor Rail
dentro di sé, e dunque, in certo modo, tutto il signor
Rail dentro di sé, e puntando le braccia sul letto, guardando dall'alto il volto dell'uomo che era andato dal-
l'altra parte del mondo a scopare una donna bellissima
e negra, a scoparla con così appassionata esattezza da
lasciarle un bambino nel ventre, guardando quel volto
che la guardava prese a rigirare dentro di sé la vinta resistenza che era il sesso del signor Rail, a rigirarlo e do-
marlo perdutamente, perché entrasse ovunque, dentro
di lei, e ritmicamente scivolasse nella follia, mai smet-
tendo di piangere – se quello si può chiamare semplicemente piangere – eppure con sottile e sempre maggiore

violenza, e furore forse, mentre il signor Rail le pianta-
va le mani nei fianchi, nell'inutile e falso tentativo di
fermare quella donna che si era presa ormai il suo cazzo
e con movimenti ciechi ormai gli aveva strappato dalla
mente tutto ciò che non era l'elementare pretesa di godere ancora, e ancora di più. E non smise di piangere –
e di tacere – di piangere e di tacere, nemmeno quando
lo vide, l'uomo che era sotto di lei, chiudere gli occhi e
non veder più niente, e lo sentì, l'uomo che aveva dentro, venire tra le sue cosce piantandole istericamente il
cazzo nelle viscere in quella specie di percossa intima e
indecifrabile che lei aveva imparato ad amare come nessun altro dolore.

Solo dopo – dopo – mentre il signor Rail la guardava
nella penombra e accarezzandola ripassava il proprio
stupore, Jun disse

– Ti prego, non dirlo a nessuno.

– Non posso, Jun. Mormy è mio figlio, voglio che
cresca qui, insieme a noi. E tutti lo devono sapere.

Jun stava lì, con la testa sprofondata nel cuscino e gli
occhi chiusi.

– Ti prego, non dirlo a nessuno che ho pianto.

Perché c'era qualcosa, tra quei due, qualcosa che in
verità doveva essere un segreto, o qualcosa di simile.
Così era difficile capire ciò che si dicevano e come vivevano, e com'erano. Ci si sarebbe potuti sfarinare il cervello a cercar di dare un senso a certi loro gesti. E ci si
poteva chiedere *perché* per anni e anni. L'unica cosa che
spesso risultava evidente, anzi quasi sempre, e forse sempre, l'unica cosa era che in quel che facevano e in quello
che erano c'era qualcosa – per così dire – di bello. Così.
Tutti dicevano: "È bello quel che ha fatto il signor Rail".
Oppure: "È bello quel che ha fatto Jun". Non ci si capiva quasi niente, ma almeno quello lo si capiva. Per esempio: mai che il signor Rail mandasse uno straccio di lettera o di notizia, dai suoi viaggi. Mai. Però, qualche giorno

prima di tornare faceva arrivare a Jun, immancabilmente, un piccolo pacco. Lei lo apriva e dentro c'era un gioiello.

Non una riga, nemmeno la firma: solo un gioiello.

Ora, uno può trovare mille ragioni per spiegare una cosa del genere, a cominciare ovviamente dalla più scontata e cioè che il signor Rail aveva qualcosa da farsi perdonare e dunque lo faceva così come lo fanno tutti gli uomini, vale a dire mettendo mani al portafoglio. Non essendo però il signor Rail un uomo come gli altri né Jun una donna come tutte le altre, una simile, logica spiegazione era per lo più scartata in favore di fantasiose teorie che mescolavano brillantemente misteriosi contrabbandi di diamanti, esoterici significati simbolici, antiche tradizioni e poetiche leggende d'amore. Non semplificava il tutto constatare che Jun non sfoggiava mai, assolutamente mai, i gioielli che le arrivavano, e anzi non sembrava curarsene più di tanto: mentre un'infinita cura dedicava a conservare le scatole, e a spolverarle periodicamente, e a controllare che nessuno le spostasse dal posto che aveva loro consacrato. Tanto che, anni dopo la sua morte, ancora si trovarono quelle scatole, ordinatamente messe una sull'altra, al loro posto, così assurde e così vuote che ci si mise d'impegno a cercare i relativi gioielli, per giorni e giorni, anzi per settimane, fino a che risultò chiaro che mai, proprio mai, li si sarebbe trovati. Insomma, la si poteva rivoltare mille volte, questa storia dei gioielli, ma una spiegazione definitiva, comunque, non la si sarebbe trovata. Così succedeva che quando il signor Rail tornava la gente chiedeva "è arrivato il gioiello?", e qualcuno diceva "pare di sì, pare che sia arrivato cinque giorni fa, in una scatola verde", e allora sorrideva, la gente, e dentro di sé pensava "è bello quel che fa il signor Rail". Perché nient'altro si poteva dire che quella inezia da nulla, e immensa. Che era bello.

Così erano il signore e la signora Rail.

Così strani da pensare che li tenesse insieme chissà quale segreto.

E infatti era così.

Il signore e la signora Rail.

Vivevano la vita.

Poi, un giorno, arrivò Elisabeth.

2

– "E il Signore benedisse la nuova condizione di Giobbe più della prima: egli possedette quattordicimila pecore e seimila cammelli, mille paia di bovini e mille asini. Ebbe pure sette figli e tre figlie. A una mise nome Colomba, alla seconda Cassia e alla terza Fiala di stibio..."

Non è che Pekisch avesse mai capito bene che razza di nome era mai quello. Ma una cosa era chiara: non era il caso di stare a chiederselo proprio in quel momento. Per cui continuò a leggere, con voce monocorde, quasi impersonale, un po' come se parlasse a un sordo.

– "... E in tutta quella terra non si trovavano donne così belle come le figlie di Giobbe, e il loro padre le mise a parte dell'eredità insieme coi loro fratelli. E dopo questo, Giobbe visse ancora centoquarant'anni e vide i figli e i figli dei suoi figli, sino alla quarta generazione."

Il testo andava a capo. Pekisch prese fiato e mise nella voce una venatura di stanchezza.

– "Poi Giobbe morì, vecchio e sazio di giorni."

Pekisch rimase immobile. Non gli era chiaro perché, ma aveva l'impressione che sarebbe stato meglio rimanere immobile per qualche istante. Così, benché indubbiamente fosse scomodissimo, se ne restò immobile: completamente sdraiato sull'erba con la faccia schiacciata nell'estremità di un tubo di stagno. Il tubo era, anche lui, disteso per terra ("un'imperdonabile ingenuità", commenterà poi il prof. Dallet), era lungo 565,8 metri e aveva il diametro di una tazza da caffellatte. Pekisch ci aveva schiacciato dentro la faccia in modo che solo gli occhi ne restavano fuori: soluzione ideale per poter leggere il libriccino che con una mano teneva in bilico sul tubo, aperto a pagina 565. Con l'altra, di mano, turava alla buona i vuoti che la sua faccia, non propriamente sferica, lasciava nel buco d'ingresso del tubo: "un espediente infantile", come annoterà, non a torto, il già citato prof. Dallet.

Passò qualche istante e poi, finalmente, Pekisch si mosse. Aveva stampata sulla faccia la circonferenza del tubo e una gamba semiaddormentata. Si alzò faticosamente, si mise il libriccino in tasca, si risistemò i capelli grigi, mormorò qualcosa tra sé e sé e prese a camminare lungo il tubo. 565 metri virgola 8 non è una distanza che uno se la ingoia in un minuto. Pekisch incominciò a corricchiare. Correva e cercava di non pensare, seguiva con lo sguardo il tubo, un po' le sue scarpe un po' il tubo, l'erba gli spariva veloce sotto i piedi, sfilava via il tubo che sembrava un lungo infinito proiettile, ma ad alzare lo sguardo l'orizzonte sogghignava immobile, tutto è relativo, questo già lo si sapeva, meglio che guardo per terra, meglio che guardo il tubo, e le scarpe e il tubo – il cuore gli incominciò a impazzire. Calma. Pekisch fermo. In piedi. Guarda indietro: cento metri di tubo. Guarda avanti: un'infinità di tubo. Calma. Ripiglia a camminare e a non pensare. C'è la luce, tutt'intorno, della sera. Il sole ti piglia di fianco, quand'è così, è un modo più gentile, si coricano le ombre a dismisura, è un modo che ha dentro qualcosa di affettuoso – ciò forse spiega com'è che, in generale, sia più facile pensarsi buoni, la sera –

quand'invece a mezzogiorno si potrebbe anche ammazzare o peggio: pensare di ammazzare, o peggio: accorgersi che si potrebbe anche essere capaci di pensare di ammazzare. O peggio: farsi ammazzare. Così. 200 metri alla fine del tubo. Pekisch cammina e guarda un po' il tubo e un po' davanti a sé. Alla fine del tubo, dritto davanti a sé, incomincia a riconoscere la piccola sagoma di Pehnt. Non l'avesse vista magari avrebbe anche continuato a camminare e a non pensare, ma adesso l'ha vista, e allora ricomincia a corricchiare, in quel suo modo stralunato, sembra che a ogni passo decida di buttare via una gamba, ma quella, ostinata, non vuol saperne, e ogni volta se la ritrova dietro, e gli tocca recuperarla in qualche modo mentre intanto cerca di liberarsi dell'altra, senza riuscirci peraltro, ché pure quella non ne vuol sapere di mollare, e così via. Può sembrare incredibile, ma con un sistema del genere si possono anche macinare chilometri, volendo. Pekisch, più modestamente, rosicchia metri, uno dopo l'altro. Tanto che alla fine non ne mancano ormai che venti, di metri, al termine del tubo, e poi dodici, e otto, e sette, e tre, e uno, fine. Si ferma, Pekisch. Gli bolle il cuore, deragliato. E il respiro caracolla, squinterna, scarrucola e strabuzza. Meno male che c'è la luce, tutt'intorno, della sera.

– Pehnt!

Pehnt è un ragazzino. Anche se addosso ha una giacca da uomo, Pehnt è un ragazzino. Sta sdraiato per terra, sulla schiena, con gli occhi che guardano il cielo, senza vederlo, peraltro, perché sono occhi chiusi. Con una mano si tiene tappata l'orecchia destra: quella sinistra la tiene dentro il tubo, più dentro che può, potesse ci entrerebbe con tutta la testa, in quel tubo, ma neppure la testa di un ragazzino ce la può fare a entrare in un tubo grande come una tazza. Non c'è santo che tenga.

– PEHNT!

Il ragazzino apre gli occhi. Vede il cielo e vede Pekisch. Non è che sappia proprio bene che diavolo fare.

– Alzati, Pehnt, è finita.

Pehnt si alza, Pekisch si lascia cadere per terra. Guarda il ragazzino negli occhi.

– Allora?

Pehnt si stropiccia un'orecchia, si stropiccia l'altra, va in giro con lo sguardo tutt'intorno, come a cercare la via più lunga per finire, alla fine, negli occhi grigi di Pekisch.

– Ciao, Pekisch.

– Ciao cosa?

– Ciao.

Non avesse il cuore che ancora gli strapazza dentro, forse griderebbe un po', a questo punto, Pekisch. Invece, semplicemente, mormora.

– Per favore, Pehnt. Non dire cretinate. Dimmi cos'hai sentito.

Ha una giacca da uomo addosso, Pehnt. Nera. Di bottoni ne è rimasto uno solo, quello più alto. Lo tortura con le dita, si abbottona, si sbottona, ha l'aria di uno che potrebbe farlo per sempre, non smettere mai più.

– Di' qualcosa, Pehnt. Dimmi cosa accidenti hai sentito in quel tubo.

Pausa.

– Davide e Golia?

– No, Pehnt.

– La storia del mar Rosso e del faraone?

– No.

– Forse era Caino e Abele... sì, era quando Caino faceva il fratello di Abele e...

– Pehnt, non devi indovinare, non c'è niente da indovinare. Devi solo dire quello che hai sentito. E se non hai sentito niente, devi dire non ho sentito niente.

Pausa.

– Non ho sentito niente.

– Niente?

– Quasi niente.

– Quasi niente o niente?

– Niente.

Come se l'avesse morso un insetto vigliacco: salta su Pekisch e si sbraccia come un mulino a vento pestando per terra passi increduli e completamente smarriti, e rosicchiando frasi tra i denti, e salmodiando un buffo furore. Parole in processione.

– Non è possibile, accidenti... non è possibile, non è possibile, non è possibile... non può sparire così, da qualche parte deve andare a finire... non puoi versare litri e litri di parole in un tubo e poi vedertele sparire così, sotto gli occhi... chi se la beve tutta quella voce?... Ci deve essere un errore, questo è sicuro... c'è un errore, è chiaro... da qualche parte sbagliamo... forse ci vorrebbe un tubo più piccolo... o forse bisogna metterlo leggermente in discesa, ecco, forse ci vorrebbe un po' di pendenza... d'altronde è chiaro, quella è capace di fermarsi dopo un po', proprio a metà del tubo... finita la spinta, quella si ferma... galleggia un po' nell'aria, si mescola e poi si posa sul fondo del tubo e lo stagno la assorbe... è sicuramente una cosa del genere... che a pensarci bene dovrebbe funzionare anche al contrario... sicuramente... se io parlo in un tubo in salita le parole salgono finché hanno spinta e poi ridiscendono, e così io le risento... Pehnt, questo è geniale, lo capisci cosa può significare?... praticamente la gente potrebbe risentirsi, potrebbe ascoltare la propria stessa medesima voce... uno prende un tubo, lo dirige verso l'alto, diciamo con una pendenza del 10 per cento, e poi ci canta dentro... ci canta dentro una frase più o meno corta, dipende ovviamente dalla lunghezza del tubo... canta e poi si mette ad ascoltare, e... e la voce sale, sale poi si ferma e torna indietro, e lui *la sente*, capisci, la sente... la sua voce... sarebbe straordinario... potersi sentire... sarebbe una rivoluzione per tutte le

scuole di canto del mondo... te lo immagini?... *"l'autoau-
scultatore Pekisch, lo strumento indispensabile per creare
un grande cantante"*, ti dico che andrebbe a ruba... se ne
potrebbero fare di tutte le misure, e studiare la pendenza
migliore, provare tutti i metalli, chi lo sa, magari è in oro
che bisognerebbe farli, bisogna provare, questo è il segreto, provare e riprovare, non si arriverà mai a niente se
non ci si ostina a provare e riprovare...

– Magari c'è un buco nel tubo e la voce se n'è andata via da lì.

Pekisch si ferma. Guarda il tubo. Guarda Pehnt.

– Un buco nel tubo?

– Magari.

Eppure, per quanto indubitabilmente sia meravigliosa la luce della sera, c'è qualcosa che ancora riesce ad essere più bello della luce della sera, ed è per la precisione
quando, per incomprensibili giochi di correnti, scherzi
di venti, bizzarrie del cielo, sgarbi reciproci di nubi difet-
tose, e circostanze fortuite a decine, una vera collezione
di casi, e di assurdi – quando, in quella luce irripetibile
che è la luce della sera, inopinatamente, *piove*. C'è il sole, il sole della sera, e piove. Quello è il massimo. E non
c'è uomo, per quanto limato dal dolore o sfinito dall'ansia, che di fronte a un'assurdità del genere non senta da
qualche parte rigirarsi un'irrefrenabile voglia di ridere.
Poi magari non ride, veramente, ma se solo il mondo
fosse un sospiro più clemente, riuscirebbe a ridere. Perché è come una colossale e universale *gag*, perfetta e irre-
sistibile. Una cosa da non crederci. Perfino l'acqua, quella che ti casca sulla testa, a minute gocce prese di infilata
dal sole basso sull'orizzonte, non sembra neanche acqua
vera. Non ci sarebbe da stupirsi se ad assaggiarla si sco-
prisse che è zuccherata. Per dire. Comunque acqua non
regolamentare. Tutt'una generale e spettacolare eccezione alle regole, una grandiosa presa per il culo di qualsiasi
logica. Un'emozione. Tanto che tra tutte le cose che poi

finiscono per dare una giustificazione a questa altrimenti ridicola abitudine di vivere certo figura anche questa, in cima alle più nitide, alle più pulite: esserci, quando in quella luce irripetibile che è la luce della sera, inopinatamente, piove. Almeno un volta, esserci.

– Diavolo! Un buco nel tubo... come ho fatto a non pensarci... caro Pehnt, ecco dov'è l'errore... un buco nel tubo... un piccolo maledetto buco nascosto da qualche parte, è chiaro... se n'è scappata da lì tutta quella voce... sparita nell'aria...

Pehnt si è alzato il bavero della giacca, tiene le mani sprofondate nelle tasche, guarda Pekisch e sorride.

– Be', sai cosa ti dico? lo troveremo, Pehnt... noi troveremo quel buco... abbiamo ancora una buona mezz'ora di sole, e lo troveremo... in marcia, ragazzo, non ci faremo fregare così facilmente... no.

E così se ne vanno, Pekisch e Pehnt, Pehnt e Pekisch, se ne tornano lungo il tubo, uno a sinistra l'altro a destra, lentamente, scrutando ogni palmo del tubo, piegati in due, a cercare tutta quella voce perduta, che se uno li vedesse da lontano potrebbe ben chiedersi cosa diavolo fanno quei due, in mezzo alla campagna, con gli occhi fissi per terra, passo dopo passo, come insetti, e invece sono uomini, chissà cos'hanno perso di così importante per strisciare in quel modo in mezzo alla campagna, chissà se lo troveranno mai, sarebbe bello lo trovassero, che almeno una volta, almeno ogni tanto, in questo dannatissimo mondo, qualcuno che cerca qualcosa avesse in sorte di trovarla, così, semplicemente, e dicesse l'ho trovata, con un lievissimo sorriso, l'avevo persa e l'ho trovata – sarebbe poi un niente la felicità.

– Ehi, Pekisch...

– Non distrarti, figliolo, se no non lo troveremo mai questo buco...

– Solo una cosa, Pekisch...

– Cosa?

– Che storia era?

– Era la storia di Giobbe, di Giobbe e di Dio.

Non staccano gli occhi dal tubo, non si fermano, continuano adagio, un passo dopo l'altro.

– È una storia bellissima, vero, Pekisch?

– Sì, è una storia bellissima.

Erano le tre del mattino e la città se ne stava affogata nel bitume della propria notte. Nella schiuma dei propri sogni. Nella merda della propria insonnia. Eccetera.

Marius Jobbard se ne stava invece alla scrivania / luce di lampada a petrolio / studiolo al terzo piano di via Moscat / tappezzeria a righe verticali verdi e beige / libri, diplomi, piccolo David di bronzo, mappamondo in legno d'acero diametro un metro virgola ventuno / ritratto di signore con baffi / altro ritratto medesimo signore / pavimento logoro e tappeto bisunto / odore di polvere, tabacco e scarpe / scarpe, in un angolo, due paia, nere, sfinite.

Jobbard scrive. Ha una trentina d'anni e scrive il nome dell'accademico prussiano Ernst Holtz su una busta che ha appena sigillato. Poi l'indirizzo. Asciuga con il tampone assorbente. Controlla la busta, la mette insieme alle altre, sul bordo destro della scrivania. Cerca tra le carte un foglio, lo trova, scorre i sei nomi che vi sono scritti, uno sotto l'altro. Tira una riga sul nome dell'eminentissimo prof. Ernst Holtz. Legge l'unico nome rimasto: Sig. Pekisch – Quinnipak. Recupera la lettera del sig. Pekisch, singolarmente scritta sul retro di una carta topografica della suddetta città di Quinnipak, e la legge. Lentamente. Poi prende carta e penna. E scrive.

Gentile Sig. Pekisch,
abbiamo ricevuto la Sua lettera contenente i risultati – che Lei definisce, ingenerosamente, sconfortanti – del suo ultimo esperimento sulla propagazione del suono attraverso tu-

bi metallici. Purtroppo il prof. Dallet è attualmente nel-
l'impossibilità di risponderLe personalmente; voglia quindi
perdonare se queste righe sono, più umilmente, scritte dal
sottoscritto Marius Jobbard, allievo e segretario dell'emi-
nente professore.

Onestà mi impone di riferirLe che nel leggere la Sua let-
tera il prof. Dallet non ha nascosto moti di disappunto e si-
gnificativi segni di insofferenza. Egli ha giudicato "un'im-
perdonabile ingenuità" il fatto che i tubi fossero disposti,
semplicemente, su un prato. Le ricorda, a questo proposito,
che se i tubi non sono isolati dal suolo le vibrazioni della
colonna d'aria finiscono per essere assorbite dalle masse cir-
costanti, e in questo modo si spengono rapidamente. "Ap-
poggiare i tubi per terra è come suonare un violino con la
sordina": queste sono le precise parole pronunciate dal prof.
Dallet. Egli, inoltre, considera un espediente infantile (te-
stuali parole) quello di tappare con le mani il buco di in-
gresso del tubo, e si chiede perché mai non ha usato, come
logica imporrebbe, un tubo largo esattamente come la sua
bocca, cosa che di norma permette di trasmettere alla colon-
na d'aria tutta la potenza della voce. Quanto alla Sua ipote-
si di "autoascultatore", posso dirLe che le Sue teorie sulla
mobilità del suono presentano, rispetto alle teorie del prof.
Dallet, evidenti divergenze. Divergenze che l'eminente pro-
fessore ha riassunto nell'affermazione, che mi corre il do-
vere di riportarLe nella integrale testualità, "quell'uomo è
pazzo". Quell'uomo – lo dico a salvaguardia della chiarezza
del mio resoconto – sarebbe Lei.

Poiché il prof. Dallet non ha detto altro in merito alla
Sua cortese missiva, qui dovrebbe finire il mio umilissimo
compito di segretario. Ciò non di meno – e benché io senta
le forze a poco a poco mancare – mi consenta di aggiungere
alcune righe a titolo del tutto e assolutamente personale. Io
credo, stimatissimo Sig. Pekisch, che Lei debba continuare
nei suoi esperimenti, e anzi intensificarli e arrivare a realiz-
zarli nel migliore e più esauriente dei modi. Perché ciò che
Lei scrive è assolutamente geniale e, se così mi posso espri-

39

*mere, profetico. Non si faccia fermare dalle stupide dicerie
della gente, e nemmeno, se mi è concesso, dalle dotte osser-
vazioni degli accademici. Se posso a Lei rivolgermi con la
certezza della Sua discrezione, sappia che lo stesso prof. Dallet non è sempre illuminato dal più puro e disinteressato
amore per la verità. Egli ha lavorato per ventisei anni, e nel
più assoluto anonimato, allo studio di una macchina capace
di produrre il moto perpetuo. La pressoché totale mancanza
di risultati apprezzabili ha comprensibilmente logorato il
morale del professore e appannato la sua reputazione. Lei
può ben capire come sia sembrato provvidenziale, alla luce
di tutto ciò, il benevolo caso che ha voluto portare sulle gazzette, con singolare clamore, l'ingegnoso sistema di comuni-
cazione attraverso tubi di zinco che il professore aveva messo a punto per l'albergo di suo cugino, Alfred Dallet, a Bré-
tonne. Lei sa come sono i giornalisti. In breve tempo, e con
l'ausilio di alcune calibrate dichiarazioni rilasciate a certi
fogli della capitale, Dallet è divenuto per tutti il profeta del
"logoforo", lo scienziato capace di "portare qualunque voce
fino all'altro capo del mondo". In verità, mi creda, il prof.
Dallet non si aspetta molto dall'invenzione del logoforo, se
non ovviamente quella celebrità che, dopo aver a lungo in-
seguito senza raggiungerla, ora ha raggiunto senza nemmeno
inseguirla. Non ostante certi suoi esperimenti, effettivamente effettuati, abbiano fornito risultati incoraggianti, egli
conserva un segreto ma deciso scetticismo nei confronti del
logoforo. Se posso far nuovamente appello alla Sua discrezione, Le dirò di aver sentito personalmente il prof. Dallet
confessare – a un suo collega e non senza l'ausilio di qualche bicchiere di Beaujolais – che il massimo che si potesse
ottenere con il logoforo era di poter ascoltare dall'ingresso
di un bordello i rumori provenienti dalle alcove al secondo
piano. Il collega del professore trovò tutto questo molto spiritoso.*

*Avrei anche altri e più illuminanti aneddoti da riferir-
Le, ma la mia mano, come Lei stesso può constatare, si fa di
minuto in minuto più incerta. E così la mia mente. Dunque*

mi permetta di aggiungere, senza indugi, che io condivido senza riserve il Suo entusiasmo e la Sua fiducia sugli sviluppi futuri del logoforo. Gli ultimi confortanti esperimenti dei Sigg. Biot e Hassenfarz hanno dimostrato senza ombra di dubbio che una voce molto bassa può essere trasmessa attraverso tubi di zinco fino a 951 metri di distanza. Si può ragionevolmente concludere che una voce più forte riuscirebbe ad arrivare cento volte più lontano, e cioè raggiungere una distanza di quasi cento chilometri. Il prof. Arnott, che ho avuto la fortuna di incontrare la scorsa estate, mi ha esibito un suo particolare calcolo sulla dispersione della voce nell'aria; se ne evince, con assoluta certezza, che una voce costretta in un tubo potrebbe tranquillamente partire da Londra e raggiungere Liverpool.

Di fronte a tutto ciò, quanto Lei scrive rivela tutta la Sua profetica esattezza. Davvero siamo alla vigilia di un mondo interamente collegato da reti di tubi capaci di annullare qualsiasi distanza. Poiché gli ultimi calcoli stabiliscono in 340 metri al secondo la velocità del suono, sarà possibile inviare un ordine commerciale da Bruxelles ad Anversa in dieci minuti; o impartire un comando militare da Parigi a Bruxelles in un quarto d'ora; o, se mi consente, ricevere a Marsiglia una lettera d'amore partita da San Pietroburgo non più di due ore e mezzo prima. Davvero è giunto il tempo, mi creda, di rompere gli indugi e usare la magica proprietà motoria del suono per unire città e nazioni così da insegnare ai popoli che la sola vera patria è il mondo, e gli unici veri nemici gli avversari della scienza. Per questo, stimatissimo Sig. Pekisch, io mi permetto di dirLe in tutta umiltà: non rinunci ai Suoi esperimenti, e anzi cerchi in tutti i modi di affinare le Sue procedure e a diffondere i Suoi risultati. Se pur lontano dalle grandi cattedrali della scienza e dai suoi sacerdoti, Lei sta percorrendo il luminoso cammino di una nuova umanità.

Non lo abbandoni.

So con certezza che non potrò più esserLe utile, e questa non è l'ultima delle cose che rattristano questi miei istanti.

Da Lei mi congedo, col rimpianto di non poterLa conoscere
personalmente e la speranza che Lei mi voglia credere

sinceramente Suo
Marius Jobbard

P.S. Malauguratamente, il prof. Dallet non è nelle condizio-
ni di poter accettare il Suo cortese invito al concerto che la
banda da Lei diretta terrà a Quinnipak nella prossima festi-
vità del 26 luglio. Il viaggio sarebbe molto lungo e, d'altra
parte, il professore non ha più la freschezza di un tempo.
Voglia accettare le sue più sentite scuse.
Cordialità.

M. J.

Senza rileggere, Marius Jobbard piegò la lettera e la
infilò in una busta su cui scrisse l'indirizzo del sig. Pekisch. Asciugò l'inchiostro con il tampone, chiuse il cala-
maio. Poi prese le cinque buste che giacevano sul bordo
destro della scrivania, vi aggiunse quella per il sig. Pekisch
e si alzò. Uscì lentamente dalla stanza e discese con evidente fatica i tre piani di scale. Giunto davanti alla porta del
custode posò le buste ai piedi della porta. Stavano perfettamente una sull'altra, tutte rigate da una calligrafia perfetta,
tutte, curiosamente, segnate qua e là da insospettabili mac-
chie di sangue.

Accanto alle lettere Jobbard lasciò un biglietto:

Con preghiera di spedire al più presto. M. J.

Com'era prevedibile il giovane allievo e segretario del
prof. Dallet risalì i tre piani più lentamente e faticosamente
di quanto non li avesse discesi. Rientrò nello studio del
suddetto professore e si chiuse la porta alle spalle. La stanza gli girava attorno e dovette aspettare qualche istante prima di dirigersi verso la scrivania.

Si sedette.

Chiuse gli occhi e lasciò per qualche minuto correre i pensieri.

Poi affondò la mano nella tasca della giacca, prese il rasoio che sapeva di trovarvi, lo aprì e si tagliò le vene dei polsi, con gesto esatto e minuzioso.

Un'ora prima dell'alba la Polizia rinvenne il corpo esanime del prof. Dallet in una soffitta di rue Guenégaud. Giaceva completamente nudo, disteso per terra, con il cranio trapassato da un colpo di rivoltella. A pochi metri da lui gli investigatori trovarono il cadavere di un giovane sui vent'anni, poi identificato come Philippe Kaiskj, studente di giurisprudenza. Il corpo mostrava diverse ferite d'arma da taglio e una ferita più profonda, al ventre, a cui andava verosimilmente attribuita la causa prima del decesso. Come annotò diligentemente il rapporto della Polizia, il corpo "non si poteva definire propriamente nudo giacché indossava alcuni capi di raffinata biancheria intima femminile". Nella stanza risultavano evidenti i segni di una violenta colluttazione. La morte del prof. Dallet, così come quella del signor Kaiskj, venne fatta risalire alla mezzanotte del giorno precedente.

Il fattaccio trovò posto, com'era legittimo aspettarsi, sulle prime pagine di tutte le gazzette della capitale. Non per molto però. Non fu difficile, infatti, per gli investigatori, identificare l'autore del duplice ed efferato delitto nella persona del sig. Marius Jobbard, segretario del prof. Dallet, e coaffittuario, insieme al sig. Kaiskj, della soffitta in cui si era consumato il dramma. Le prove a suo carico, raccolte nel breve arco di ventiquattr'ore, si rivelarono schiaccianti. Solo una spiacevole circostanza impedì alla Giustizia di fare, fino in fondo, il proprio corso: Marius Jobbard fu trovato morto – dissanguato – nello studio del prof. Dallet, al terzo piano di uno stabile di via Moscat. Alle sue esequie non si presentò nessuno.

A Pekisch, curiosamente, arrivarono prima i giornali

che raccontavano l'orrenda storia e solo in seguito la lettera di Marius Jobbard.

Ovviamente ciò generò in lui qualche confusione e, in seconda battuta, alcune riflessioni sulla relatività del tempo che non ebbe mai modo di sistematizzare come avrebbe voluto nella logica di un breve ma acuto saggio.

– Che succede, Pekisch?

Pehnt stava in piedi su una seggiola. Pekisch era di fronte a lui, seduto al tavolo. Aveva ordinatamente disposto, una accanto agli altri, la lettera di Marius Jobbard e i giornali arrivati dalla capitale; li guardava e cercava di stabilire tra le due cose un nesso sufficientemente sensato.

– Schifezze – rispose.

– Cosa sono le schifezze?

– Sono cose che nella vita non bisogna fare.

– E ce n'è tante?

– Dipende. Se uno ha molta fantasia, può fare molte schifezze. Se uno è scemo magari passa tutta la vita e non gliene viene in mente neppure una.

La cosa si complicava. Pekisch se ne accorse. Si tolse gli occhiali e lasciò perdere Jobbard, i tubi e le altre storie.

– Mettiamola così. Uno si alza al mattino, fa quel che deve fare e poi la sera va a dormire. E lì i casi sono due: o è in pace con se stesso, e dorme, o non è in pace con se stesso e allora non dorme. Capisci?

– Sì.

– Dunque bisogna arrivare alla sera in pace con se stessi. Questo è il problema. E per risolverlo c'è una strada molto semplice: restare puliti.

– Puliti?

– Puliti dentro, che vuol dire non aver fatto niente di cui doversi vergognare. E fin qui non c'è niente di complicato.

– No.

– Il complicato arriva quando uno si accorge che ha un desiderio di cui si vergogna: ha una voglia pazzesca di qualcosa che non si può fare, o è orrendo, o fa del male a qualcuno. Okay?

– Okay.

– E allora si chiede: devo starlo a sentire questo desiderio o devo togliermelo dalla testa?

– Già.

– Già. Uno ci pensa e alla fine decide. Per cento volte se lo toglie dalla testa, poi arriva il giorno che se lo tiene e decide di farla quella cosa di cui ha tanta voglia: e la fa: ed eccola lì la schifezza.

– Però non dovrebbe farla, vero, la schifezza?

– No. Ma sta' attento: dato che noi non siamo calzini ma persone, non siamo qui con il fine principale di essere puliti. I desideri sono la cosa più importante che abbiamo e non si può prenderli in giro più di tanto. Così, alle volte, vale la pena di non dormire pur di star dietro a un proprio desiderio. Si fa la schifezza e poi la si paga. E solo questo è davvero importante: che quando arriva il momento di pagare uno non pensi a scappare e stia lì, dignitosamente, a pagare. Solo questo è importante.

Pehnt stette un po' a pensare.

– Ma quante volte lo si può fare?

– Cosa?

– Fare schifezze.

– Non troppe, se si vuole riuscire a dormire ogni tanto.

– Dieci?

– Magari un po' meno. Se sono vere schifezze, un po' meno.

– Cinque?

– Diciamo due... poi se ne scappa qualcun'altra...

– Due?

– Due.

Pehnt scese dalla sedia. Camminò un po' avanti e indietro per la stanza, rimuginando pensieri e fette di frasi. Poi aprì la porta, uscì sotto la veranda e si sedette sui gradini dell'ingresso. Tirò fuori da una tasca della giacca un qua-

dernetto viola: logoro, spiegazzato, ma con una sua dignità.
Lo aprì con meticolosa cura alla prima pagina bianca. Prese
dal taschino un mozzicone di matita poi gridò verso l'interno della casa

— Cosa c'è dopo *due sette nove*?

Pekisch stava curvo sul giornale. Non alzò nemmeno la
testa.

— *Due otto zero.*

— Grazie.

— Prego.

Lentamente e con meticolosa fatica Pehnt iniziò a scrivere:

280. Schifezze – un paio nella vita.

Stette un attimo a pensare. Andò a capo.

Poi si pagano.

Rilesse. Tutto a posto. Chiuse il quadernetto e lo infilò
in tasca.

Tutt'intorno Quinnipak arrostiva al sole di mezzogiorno.

Quella del quadernetto era una storia iniziata – come si
può evincere dai fatti raccontati – duecentottanta giorni
prima, e cioè in quello che Pehnt festeggiò come giorno
del suo ottavo compleanno. Con una certa tempestività, il
ragazzino aveva già intuito, allora, che la vita è un casino
tremendo e che in linea di massima si è chiamati ad affrontarla in stato di assoluta e radicale impreparazione. Soprattutto lo sconcertava – non a torto – il numero di cose che
occorreva imparare per sopravvivere alle incognite dell'esistenza (che erano, appunto, tali): guardava il mondo, vedeva una sterminata quantità di oggetti, persone, situazioni e
capiva che solo a imparare i nomi di tutta quella roba – tutti i nomi, uno per uno – ci avrebbe messo una vita. Non gli
sfuggiva che in ciò si celava un certo paradosso.

"Ce n'è troppo, di mondo" pensava. E cercava una soluzione.

L'idea gli venne, come spesso accade, per estensione
logica di un'esperienza banale. Di fronte all'ennesima lista

per la spesa che la signora Abegg gli mise in mano prima di mandarlo all'Emporio Fergusson e Figli, Pehnt capì, in un istante di noumenica illuminazione, che la soluzione stava nell'astuzia del catalogare. Se uno, via via che imparava le cose, se le scriveva avrebbe ottenuto alla fine un completo catalogo delle cose da sapere, consultabile in ogni momento, aggiornabile ed efficace contro eventuali cali di memoria. Intuì che scrivere una cosa significa possederla – illusione verso cui inclina una non insignificante parte di umanità. Pensò a centinaia di pagine zeppe di parole e sentì che il mondo gli faceva molto meno paura.

– Non è un'idea male – osservò Pekisch. – Certo non potrai scrivere tutto, in quel libretto, ma sarebbe già un buon risultato annotare le cose principali. Potresti scegliere una cosa al giorno, ecco. Bisogna darsi una regola quando si intraprendono imprese come questa. Ogni giorno una cosa. Dovrebbe funzionare... Diciamo che in dieci anni potresti arrivare a tremilaseicentocinquantatré cose imparate. Sarebbe già una buona base. Una di quelle cose che ti fa svegliare al mattino più tranquillo. Non sarà una fatica sprecata, ragazzo.

A Pehnt il discorso parve convincente. Optò per la soluzione "Una cosa al giorno". In occasione del suo ottavo compleanno Pekisch gli regalò un quaderno con la copertina viola. Quella sera stessa egli iniziò nel meticoloso lavoro che l'avrebbe accompagnato per anni. Riletta a posteriori, la prima annotazione rivela una mente significativamente predisposta al rigore metodologico della scienza.

1. *Le cose – scriverle per non dimenticarle.*

Da questo assioma, la mappa del sapere di Pehnt si sviluppò giorno dopo giorno nelle più diverse direzioni. Come tutti i cataloghi, anche quello si dimostrò limpidamente neutrale. Il mondo vi era ritratto in modo inevitabilmente parziale ma rigorosamente privo di gerarchie. Le annotazioni – sempre molto sintetiche, quasi telegrafiche – testimoniavano una mente precocemente consapevole della natura articolata e pluralistica del mistero della vita: perché la luna non è sempre uguale, cos'è la Polizia, come si chiamano i mesi, quando si piange, natura e scopi del binocolo, origini della diarrea, cos'è la felicità, sistema rapido di allacciamento delle stringhe, nomi di città, utilità delle bare da morto, come diventare Santo, dov'è l'Inferno, regole fondamentali per la pesca alla trota, lista dei colori disponibili in natura, ricetta del caffellatte, nomi di cani famosi, dove va a finire il vento, festività dell'anno, da che parte è il cuore, quando finirà il mondo. Cose così.

– Pehnt è strambo – diceva la gente.

– È la vita che è stramba – diceva Pekisch.

Pekisch non era, propriamente, il padre di Pehnt. Nel senso che Pehnt non aveva, propriamente, un padre. E nemmeno una madre. Cioè, la storia non era semplice.

Lo avevano trovato che non aveva più di due giorni, infagottato in una giacca da uomo nera e appoggiato alla porta della chiesa di Quinnipak. A prenderselo in casa e ad allevarlo era stata la vedova Abegg, una donna sulla cinquantina, stimata in tutta la città. Ad essere precisi non si chiamava veramente Abegg e non era veramente vedova. Cioè, la storia era più complessa.

Una ventina d'anni prima aveva conosciuto al matrimonio della sorella un sottotenente di bella presenza e misurata ambizione. Con lui, per tre anni, aveva intrattenuto una fitta e sempre più intima corrispondenza. L'ultima lettera che le arrivò dal sottotenente conteneva una prudente ma precisa domanda di matrimonio. Per un fenomeno analogo a quello che colpì Pekisch al momento di leggere la lettera di Marius Jobbard, tale proposta giunse a Quinnipak dodici giorni dopo che una palla di cannone del peso di venti chili aveva repentinamente ridotto a zero le possibilità del sottotenente di prendere moglie: e, in generale, di fare alcunché. La buona donna inviò al fronte tre lettere in cui, con crescente insistenza, si dichiarava disponibile alle nozze. Le tornarono indietro tutt'e tre, accompagnate dalla ufficiale certificazione di morte del sottotenente Charlus Abegg. Un'altra donna, magari, si sarebbe scoraggiata. Lei no. Nell'impossibilità di disporre di un felice avvenire, si costruì un felice passato. Informò la cittadinanza di Quinnipak che suo marito era eroicamente deceduto sul campo e che le sarebbe stato gradito, da quel momento in poi, essere chiamata vedova Abegg. Nella sua conversazione iniziarono a figurare con sempre maggiore frequenza spiritosi aneddoti sulla precedente, e ipotetica, vita matrimoniale. Non di rado le accadeva di usare, come solenne intercalare, l'espressione "Come diceva il mio caro Charlus...", seguita da non acutissime ma ragionevoli massime di vita. In realtà il sottotenente, quelle cose, non le aveva mai dette. Le aveva scritte. Ma la cosa, per la vedova Abegg, non faceva nessuna differenza. In pratica era stata sposata per tre anni con un libro. Ci sono matrimoni anche più strani.

Come d'altra parte si può evincere dai fatti appena riportati, la signora Abegg era una donna di notevole fantasia e solide certezze. Non deve stupire dunque la storia della giacca di Pehnt, la quale, tra l'altro, spinge ad attribuirle anche uno spiccato senso del destino. Quando Pehnt compì sette anni, la vedova Abegg tirò fuori dall'armadio la giacca nera in cui lo avevano trovato, e gliela infilò. Gli arrivava sotto le ginocchia. Il bottone più alto risultava ad altezza pisello. Le maniche penzolavano come morte.

– Ascoltami bene, Pehnt. Questa giacca l'ha lasciata tuo padre. Se te l'ha lasciata sarà per qualche buon motivo. Allora cerca di capire. Tu crescerai. E succederà così: se un giorno diventerai abbastanza grande da fartela diventare di misura lascerai questa cittadina da niente e andrai a cercare fortuna nella capitale. Se invece non diventerai abbastanza grande allora resterai qui, e sarai comunque felice, perché come diceva il mio caro Charlus "fortunato è il fiore che nasce là dove Dio l'ha seminato". Domande?

– No.

– Bene.

Pekisch non condivideva sempre lo stile vagamente militare che la signora Abegg adottava nelle occasioni importanti, retaggio evidente della prolungata consuetudine con il sottotenente suo marito. Però su quella storia della giacca non trovò nulla da ridire. Convenne che il discorso era sensato e che, nella nebbia della vita, una giacca poteva effettivamente rappresentare un punto di riferimento utile e autorevole.

– Non è poi così grande. Ce la farai – disse a Pehnt.

Per facilitare l'impresa la vedova Abegg mise a punto una sapiente dieta che coniugava abilmente la sua scarsa disponibilità economica (frutto di una pensione dell'esercito che in realtà nessuno si era mai sognato di mandarle) e le elementari necessità caloriche e vitaminiche del ragazzo. Pekisch, da parte sua, fornì a Pehnt alcune utili certezze tra le quali figurava, non ultima, l'aurea regola secondo cui il sistema più semplice per crescere era quello di rimanere il più possibile in piedi.

– È un po' come per la voce nei tubi. Se il tubo fa delle curve la voce fa più fatica a passare. Per te è lo stesso. Solo se stai in posizione eretta la forza che hai dentro può crescere senza intoppi, senza dover far curve e perdere tempo. Stai in piedi, Pehnt, tieni il tubo più dritto che puoi.

Pehnt teneva il tubo più dritto che poteva. Ciò spiega anche perché usasse le sedie, sì, ma per starci in piedi sopra.

– Siediti, Pehnt – diceva la gente.

– Grazie – diceva lui, e saliva in piedi sulla sedia.

– Non che sia il massimo dell'educazione – diceva la vedova Abegg.

– Neanche cagare è una delizia. Ma ha i suoi vantaggi – diceva Pekisch.

E così cresceva Pehnt. Mangiando uova a pranzo e cena, stando in piedi sulle seggiole, e annotando una verità al giorno su un quaderno viola. Girava con quella enorme giacca addosso come viaggia una lettera nella busta che reca scritta la sua destinazione. Girava avviluppato nel suo destino. Come tutti, peraltro, solo che in lui lo si poteva vedere ad occhio nudo. Non aveva mai visto la capitale e non poteva immaginare cosa precisamente stava inseguendo. Ma aveva capito che, in qualche modo, il gioco consisteva nel diventare grandi. E ce la metteva tutta per vincere.

Però, la notte, sotto le coperte, dove nessuno poteva vederlo, più silenziosamente possibile, con un po' di batticuore, si rannicchiava più che poteva, proprio così, e come un tubo contorto in cui non sarebbe passata una voce nemmeno a spargergliela dentro con un cannone si addormentava e sognava una giacca eternamente troppo grande.

DUE

1

Jun stava con il capo appoggiato sul petto del signor Rail. Fare l'amore così, la notte che lui tornava, era un po' più bello, un po' più semplice, un po' più complicato che in una notte qualunque. C'era di mezzo qualcosa come lo sforzo di ricordarsi qualcosa. C'era di mezzo un sottile timore di scoprire chissaché. C'era di mezzo il bisogno che fosse comunque bellissimo. C'era di mezzo una voglia un po' impaziente, un po' feroce, che non c'entrava con l'amore. C'era di mezzo un sacco di roba.

Dopo – dopo era come ricominciare a scrivere da una pagina bianca. Qualsiasi viaggio avesse portato in giro per il mondo il signor Rail, scompariva nel bicchier d'acqua di quella mezz'ora d'amore. Si ricominciava da dove ci si era lasciati. Il sesso cancella fette di vita che uno nemmeno si immagina. Sarà anche stupido, ma la gente si stringe con quello strano furore un po' panico e la vita ne esce stropicciata come un bigliettino stretto in un pugno, nascosto con una mossa nervosa di paura. Un po' per caso, un po' per fortuna, spariscono nelle pieghe di quella vita appallottolata mozziconi di tempo dolorosi, o vigliacchi, o mai capiti. Così.

Stava lì, Jun, con il capo sul petto del signor Rail e

una mano che vagava sulle sue gambe, e ogni tanto si chiudeva sul suo sesso, scivolava su di lui, tornava a intrufolarsi tra le gambe – non c'è niente di più bello delle gambe di un uomo, pensava Jun, quando sono belle.

La voce del signor Rail le giunse piano, con dentro l'aria di un sorriso

– Jun, non puoi immaginare cosa ho comprato questa volta.

Effettivamente non poteva immaginarselo. Si rannicchiò su di lui, sfiorava con le labbra la sua pelle – non c'è niente di più bello delle labbra di Jun, pensava la gente, quando sfiorano qualcosa.

– Potresti passare tutta la notte a provare, ma non riusciresti a indovinare.

– Mi piacerà?

– Certo che ti piacerà.

– Mi piacerà come mi piace fare l'amore con te?

– Molto di più.

– Stupido.

Jun alzò lo sguardo verso di lui, si avvicinò al suo viso. Nella penombra lo vedeva sorridere.

– Allora, cos'hai comprato questa volta, matto di un signor Rail?

A dieci chilometri da lì, il campanile di Quinnipak suonò la mezzanotte, c'era vento da nord, si portò addosso i rintocchi, uno a uno, dal paese fino al letto di quei due – quand'è così è come se quei rintocchi facessero a spicchi la notte, è il tempo che è una lama acuminatissima e seziona l'eternità – la chirurgia delle ore, ogni minuto una ferita, una ferita per salvarsi – si sta aggrappati al tempo, questa è la verità, perché il tempo numera i conati di essere che si è, minuto per minuto – numerare è salvarsi, questa è la verità, e la legittimazione trascendentale di qualsiasi orologio, e la dolcezza straziante di tutti i rintocchi di qualsiasi campana – avvinghiati al tempo perché ci sia un ordine nell'elettrizzante disfatta quotidiana, un prima e un dopo ogni shock – avvinghiati con feroce paura, e determinazione, con isterica pignoleria e disumana forza. E come ogni isteria del terrore, anche questa si è composta in un rito, essendo il rito, sempre, la ricomposizione di milioni di isterici scatti di paura in un'unica danza divina, il palcoscenico su cui l'uomo diventa capace di muoversi come un Dio – un rito, dico, che era il rito dell'orologio della Grand Junction – si badi bene, quando ancora ogni città aveva la sua ora, dunque il suo tempo, mille tempi diversi, ogni città il suo, se qui erano le 14 e 25 là potevano essere le 15, ogni città con il suo orologio – e la Grand Junction era una linea ferroviaria, una delle prime linee ferroviarie mai costruite, correva come un'incrinatura lungo un vaso, sulla terra e sul mare, da Londra a Dublino – correva e si portava un suo tempo dentro che scivolava nei tempi altrui, come una goccia d'olio su un vetro bagnato, e aveva una sua ora che doveva resistere a tutte le altre, per tutto il viaggio, e tornare intatta, una gemma intatta, affinché ogni istante potesse sapere se era un istante di ritardo o di anticipo, affinché ogni istante potesse conoscere se stesso, e dunque non smarrirsi, e dunque salvarsi – un treno che corre con nel cuore la sua ora, sorda a tutte le altre – per quel treno l'uomo coniò il rito, elementare e sacro:

"*Tutte le mattine, un messo dell'Ammiragliato consegnava all'impiegato di turno del treno postale Londra-Dublino un orologio che indicava l'ora esatta. A Holyhead l'orologio veniva consegnato agli impiegati del traghetto di Kingston che lo portava a Dublino. Al ritorno gli impiegati del traghetto di Kingston riportavano l'orologio all'impiegato di turno del treno postale. Quando il treno arrivava di nuovo a Londra l'orologio veniva riconsegnato al messo dell'Ammiraglio. Così ogni giorno, per centinaia di giorni.*"

Erano i tempi in cui nella stazione di Buffalo c'erano

tre orologi, ognuno con un'ora diversa, e sei ce n'erano nella stazione di Pittsburgh, uno per ogni linea ferroviaria che passava – era la Babele delle ore – e allora si capisce il rito della Londra-Dublino, treno postale – quell'orologio che va avanti e indietro, in una scatola di velluto, passando di mano in mano, prezioso come un segreto, prezioso come un gioiello...

(C'era un uomo che partiva, viaggiava, e quando tornava, prima di lui arrivava un gioiello, in una scatola di velluto. La donna che lo aspettava apriva la scatola, vedeva il gioiello e allora sapeva che sarebbe tornato. La gente credeva che fosse un regalo, un prezioso regalo per ogni fuga. Ma il segreto era che il gioiello era sempre lo stesso. Cambiavano le scatole ma lui era sempre quello. Partiva con l'uomo, restava con lui ovunque andasse, passava di valigia in valigia, di città in città, e poi tornava indietro. Veniva dalle mani della donna e lì ritornava, esattamente come l'orologio ritornava nelle mani dell'Ammiraglio. La gente credeva fosse un regalo, un prezioso regalo per ogni fuga. Invece era ciò che custodiva il filo del loro amore, nel labirinto di mondi in cui l'uomo correva, come un'incrinatura lungo un vaso. Era l'orologio che contava i minuti del tempo anomalo, e unico, che era il tempo del loro volersi. Tornava indietro prima di lui perché lei sapesse che dentro colui che stava arrivando non si era spezzato il filo di quel tempo. Così l'uomo arrivava, infine, e non c'era bisogno di dir nulla, di chiedere nulla, né di sapere. L'istante in cui si vedevano era, per tutt'e due, ancora una volta, lo stesso istante.)

... prezioso come un segreto, prezioso come un gioiello – un orologio che teneva la ferrovia insieme, che teneva Londra e Dublino legate una all'altra affinché non svanissero alla deriva di una babele di tempi ed ore differenti – questo fa pensare – questo sì fa pensare – questo fa pensare. Ai treni. Allo shock della ferrovia.

Non ne avevano mai avuto bisogno, prima, della manfrina dell'orologio. Mai. Perché non esisteva il treno. Neanche lo possedevano come idea. E allora viaggiare da qui a là era una cosa talmente lenta, e sgangherata, e casuale, che comunque il tempo ci si smarriva senza che nessuno si sognasse di opporre resistenza. Resistevano un paio di generali discriminazioni – l'alba, il tramonto – tutto il resto erano attimi confusi in un'unica grande poltiglia di istanti. Prima o poi si arrivava, tutto lì. Ma il treno... quello era esatto, era tempo divenuto ferro, ferro in corsa su due binari, sequela precisa di prima e di poi, incessante processione di traversine... e soprattutto... era velocità... velocità. La velocità non perdonava. Se c'erano sette minuti di differenza tra l'ora di qui e l'ora di là, lei li rendeva visibili... pesanti... Anni di viaggi in carrozza non erano mai riusciti a scoprirli, un solo treno in corsa poteva smascherarli per sempre. La velocità. Gli dev'essere scoppiata dentro, a quel mondo, come un urlo represso per migliaia di anni. Niente dev'esser sembrato uguale a prima quando arrivò la velocità. Tutte le emozioni ridotte a piccole macchine da ritarare. Chissà quanti aggettivi si rivelarono improvvisamente scaduti. Chissà quanti superlativi si sbriciolarono in un attimo, tutto d'un colpo tristemente ridicoli... Di per sé il treno non sarebbe stata gran cosa, non era poi che una macchina... questo però è geniale: quella macchina non produceva forza, ma qualcosa di concettualmente ancora sfumato, qualcosa che non c'era: velocità. Non una macchina che fa ciò che mille uomini potrebbero fare. Una macchina che fa ciò che non era mai esistito. La macchina dell'impossibile. Una delle prime e più famose locomotive costruite da George Stephenson si chiamava *Rocket* e faceva gli 85 chilometri orari. Fu lei a vincere, il 14 ottobre 1829, il certame di Rainhill. In gara c'erano altre tre locomotive, ciascuna con il suo bel nome (a ciò che spaventa si dà sempre un nome, come dimostra il fatto che gli uomini ne hanno, per prudenza, due): *Novelty, Sans Pareil, Perseverance*. A dire il vero ne iscrissero anche una quarta: si chiamava *Le ciclopède*, l'aveva inventata un certo Brandreth, e consisteva in un cavallo che galoppava su un tapis roulant collegato a quattro ruote che correvano, a loro volta, sui binari. Vedi come ogni volta, sempre, il passato resiste al futuro, conia incredibili compromessi senza il minimo senso del ridicolo, si mortifica perdutamente pur di continuare a possedere il presente, anche a tempo scaduto, ostinato e ottuso, e mentre profetiche caldaie in ebollizione sventolavano le loro ciminiere lucide in sbuffi e sberleffi di vapore bianco, quello montava un povero cavallo su un trabiccolo che scambiava il mezzo, cioè le rotaie, per il fine. Lo squalificarono, comunque. Lo squalificarono prima ancora che partisse. Così gareggiarono in quattro, la *Rocket* e le altre tre. Prima prova, un percorso di un miglio e mezzo. La *Novelty* lo divorò alla media di 45 chilometri orari, destando enorme impressione. Peccato che alla fine esplose, proprio così, esplose – dev'essere magnifico vedere una locomotiva esplodere, la caldaia che si disfa come una vescica rovente, la piccola stretta lunga ciminiera che vola, improvvisamente leggera come il fumo che ha dentro, e poi gli uomini, perché qualcuno doveva pur esserci alla guida di quella bomba innescata su due binari di ferro, gli uomini anche loro a volare come fantocci, come sbuffi insanguinati, razione quotidiana di sangue per oliare le ruote del progresso, dev'essere magnifico vedere una locomotiva correre, e poi esplodere. La seconda prova prevedeva un percorso di 112 chilometri da coprire alla velocità di 16 chilometri orari. La *Rocket* si lasciò dietro tutti, navigò sicura a 25 chilometri all'ora, uno spettacolo a vedersi. Fatte le somme si decretò che aveva vinto. Aveva vinto quel geniaccio di Stephenson. E tutto questo, si badi bene, non accadde nel segreto di un interessato consesso di ricconi in cerca di un sistema veloce e indolore per portare ovunque le loro vagonate di carbone. No. Tutto questo si stampò, indelebile, negli occhi di diecimila persone, e cioè in ventimila occhi, guercio più guercio meno, tanti quanti accorsero da ogni parte quel giorno, a Rainhill, per assistere alla gara del secolo – piccola ma enorme porzione di umanità mossa fin lì dal presentimento che qualcosa stava succedendo che le avrebbe ben presto scompigliato i meccanismi del cervello. Videro la *Rocket* sfilare sul rettilineo di Rainhill a 85 chilometri orari. E questo ancora non doveva essere uno stupore più di tanto: perché un oggetto in velocità restava pur sempre un'immagine che da qualche parte dovevano avere almeno una volta incrociato, foss'anche un solitario falco in picchiata, o un tronco giù dalle rapide del fiume, o chissà, una bomba sputata nel cielo. Ma sconcertante, questo sì, fu il pensiero che li punse, l'elementare deduzione che se quella locomotiva non esplodeva, allora prima o poi la storia li avrebbe fatti salire là sopra, in folle corsa su quella strada ferrata, improvvisamente divenuti, loro stessi, proprio loro, falchi in picchiata e tronchi e bombe sputate nel vento. Ed è impossibile, proprio impossibile, che non abbiano pensato, tutti, proprio tutti, con generale febbrile impaurita curiosità – cosa sarà il mondo, visto da lassù? E subito dopo: sarà quello un nuovo modo di vivere, o un modo più esatto e spettacolare di morire?

Piovvero le risposte, poi, a mano a mano che fiorivano rotaie in ogni direzione e salpavano treni spianando colline e bucando montagne, quasi protervi nella loro feroce voglia di arrivare a destinazione. Nelle orecchie entrava il ritmico lamento delle rotaie, e intanto tutto vibrava come di fatica, come di emozione – una specie di tic perpetuo che ti segava l'anima. E nel finestrino – nel finestrino, di là dal vetro, sfilavano via i cocci di un mondo fatto a pezzi, perennemente in fuga, sminuzzato in migliaia di immagini lunghe un istante, strappato via da una forza invisibile. "Prima che inventassero le ferrovie la natura non palpitava più: era una Bella Addormentata nel bosco" scrissero. Ma molto tempo dopo, col senno di poi. Ci facevano su della poesia. Al momento, proprio le prime volte che la Bella Addormentata si faceva violentare da quella macchina lanciata a colpevole velocità, fu appunto la violenza che rimase impressa nelle parole e nei ricordi. E la paura. "È davvero un volo, ed è impossibile sottrarsi all'idea che il minimo incidente potrebbe causare la morte istantanea di tutti", così la pensavano. E certo dovette formarsi inconsapevolmente nell'animo un nesso preciso tra quel presentimento di morte e l'immagine distorta che, dal finestrino e a prezzo del rischio della vita, il mondo tutto offriva di sé. Come ai morti, a cui passa negli occhi in pochi istanti tutta una vita, sfilando via veloce. A quelli sfilavano via prati, persone, case, fiumi, animali...

Bisogna immaginarselo, la paura da una parte e quel bombardamento di immagini dall'altra, o meglio una, la paura, dentro l'altro, il bombardamento, come onde concentriche di un unico soffocamento, angoscioso, certo, ma anche... qualcosa come un improvviso squarciarsi della percezione, qualcosa che doveva avere dentro la scintilla di un qualche bruciante piacere – un avvitamento progressivo del ritmo delle percezioni, dalla lenta partenza alla corsa incondizionata dentro alle cose, tutto un protocollo vertiginoso di immagini che si affastellano in disordine pigiandosi negli occhi, ferite incurabili nella memoria, e schegge, striscate di passaggio, fughe di oggetti, polvere di cose – questo *doveva* essere *piacere*, perdìo – "intensificazione della vita nervosa", l'ha poi chiamata Simmel – sembra un referto medico – e in effetti ha il profilo, e il sapore, della malattia, quell'ipertrofia del vedere e del sentire – ti si tendevano le reti del cervello, dolorosamente, fino allo stremo, come ragnatele esauste chiamate dopo secoli di sonno a catturare il volo di immagini impazzite, figure come insetti collassati dal vortice della velocità, e il ragno, che eri tu, ad affannarsi avanti e indietro in bilico tra l'ebbrezza dell'abbuffata e la precisa, esatta, numerica certezza che la ragnatela era a un istante dal cedere per sempre, e arrotolarsi su se stessa, grumo di bava, penzula poltiglia inservibile, nodo mai più districabile, geometrie perfette perse per sempre, squallido bolo di cervello sfatto – il piacere lancinante di divorare immagini a ritmo sovrumano e il dolore di quella gabbia di fili tesa fino allo sfinimento – il piacere e il rumore sordo dello sgretolamento – il piacere e dentro, subdola, la malattia – il piacere e dentro la malattia, la malattia e dentro il piacere – tutt'e due a inseguirsi dentro il bozzolo della paura – la paura e dentro il piacere e dentro la malattia e dentro la paura e dentro la malattia e dentro il piacere – così ti girava dentro l'anima, all'unisono con le ruote del treno scatenate sulla via fatta di ferro – perversa rotazione onnipotente – così mi gira l'anima dentro, triturandosi gli attimi e gli anni – perversa rotazione onnipotente – chissà se c'è un modo per fermarla, chissà se è fermarla che si deve – chissà se è proprio scritto che debba fare male così – e da dove è mai partita, magari sapendolo uno potrebbe tornare lassù, sulla cima della discesa mozzafiato, all'inizio del binario, e pensarci un po' su prima di – così si rigira l'anima dentro, perversa rotazione onnipotente – chissà se è *forza* o solo stremata sconfitta – e se anche fosse *forza* e *vita*, doveva proprio essere così? minuzioso e crudele sterminio che ti germoglia dentro – chissà se c'è un modo di fermarlo, o un posto – un posto qualunque dove non tiri la bisa di questa rotazione perversa che inanella i giri del progressivo e mai più reversibile sfinimento, tarlo miserabile che sfarina la presa infrangibile dei più geniali desideri – il piacere e dentro la malattia e dentro la paura e dentro il piacere e dentro la malattia e dentro la paura e dentro – venga qualcuno e silenziosa-

mente la fermi, l'ammutolisca in un angolo di vittoriosa
quiete, la sciolga per sempre nel fango di una vita qualunque da scontare in un tempo senza ormai più ore – o
la faccia finita in un attimo senza memoria – in un attimo
– la faccia finita. Sui treni, per salvarsi, per fermare la
perversa rotazione di quel mondo che li martellava di là
dal vetro, e per schivare la paura, e per non farsi risuc-
chiare dalla vertigine della velocità che certo doveva
continuamente bussargli nel cervello quanto meno nella
forma di quel mondo che strisciava di là dal vetro in forme mai viste prima, meravigliose certo, ma impossibili
perché il solo concederglisi per un attimo istantanea-
mente rimetteva in corsa la paura, e di conseguenza
quell'ansia densa e informe che cristallizzata in pensiero
si rivelava a tutti gli effetti nient'altro che il sordo pensiero della morte – sui treni, per salvarsi, presero l'abitudine di consegnarsi a un gesto meticoloso, una prassi peraltro consigliata dagli stessi medici e da insigni studiosi,
una minuscola strategia di difesa, ovvia ma geniale, un
piccolo gesto esatto, e splendido.

Sui treni, per salvarsi, leggevano.

Linimento perfetto. La fissa esattezza della scrittura
come sutura di un terrore. L'occhio che trova nei minuscoli tornanti dettati dalle righe la nitida scorciatoia per
sfuggire all'indistinto flusso di immagini imposto dal finestrino. Vendevano, nelle stazioni, delle apposite lampade, lampade per la lettura. Si reggevano con una mano, descrivevano un intimo cono di luce da fissare sulla
pagina aperta. Bisogna immaginarselo. Un treno in corsa
furibonda su due lame di ferro, e dentro il treno un angolo di magica immobilità ritagliato minuziosamente dal
compasso di una fiammella. La velocità del treno e la fis-
sità del libro illuminato. L'eternamente cangiante multi-
formità del mondo intorno e l'impietrito microcosmo di
un occhio che legge. Come un nòcciolo di silenzio nel
cuore di un boato. Non fosse storia vera, vera storia, si

potrebbe pensare: non è che la bellezza di un'esatta metafora. Nel senso che forse, sempre, e per tutti, altro non è mai, *lèggere*, che fissare un punto per non essere sedotti, e rovinati, dall'incontrollabile strisciare via del mondo. Non si leggerebbe, nulla, se non fosse per paura. O per rimandare la tentazione di un rovinoso desiderio a cui, si sa, non si saprà resistere. Si legge per non alzare lo sguardo verso il finestrino, questa è la verità. Un libro aperto è sempre la certificazione della presenza di un vile – gli occhi inchiodati su quelle righe per non farsi rubare lo sguardo dal bruciore del mondo – le parole che a una ad una stringono il fragore del mondo in un imbuto opaco fino a farlo colare in formine di vetro che chiamano libri – la più raffinata delle ritirate, questa è la verità. Una sporcheria. Però: *dolcissima.* Questo è importante, e sempre bisognerà ricordarlo, e tramandarlo, di volta in volta, da malato a malato, come un segreto, il segreto, che non sfumi mai nella rinuncia di nessuno o nella forza di nessuno, che sopravviva sempre nella memoria di almeno un'anima sfinita, e lì suoni come un verdetto capace di far tacere chicchessia: lèggere è una sporcheria dolcissima. Chi può capire qualcosa della dolcezza se non ha mai chinato la propria vita, tutta quanta, sulla prima riga della prima pagina di un libro? No, quella è la sola e più dolce custodia di ogni paura – un libro che inizia. Così che, insieme a migliaia di altre cose, cappelli, animali, ambizioni, valigie, soldi, lettere d'amore, malattie, bottiglie, armi, ricordi, stivali, occhiali, pellicce, risate, sguardi, tristezze, famiglie, giocattoli, sottovesti, specchi, odori, lacrime, guanti, rumori – insieme a quelle migliaia di cose che già sollevavano da terra e lanciavano a velocità prodigiose, quei treni che rigavano avanti e indietro il mondo come ferite fumanti si portavano dentro anche la solitudine impagabile di quel segreto: l'arte di leggere. Tutti quei libri aperti, infiniti libri aperti, come finestrelle aperte sul dentro del mondo, seminate su un proiettile che offriva allo sguardo, solo si avesse avuto il coraggio di alzarlo, lo sfavillante spettacolo del mondo di fuori. Il dentro del mondo e il mondo di fuori. Il dentro del mondo e il mondo di fuori. Il dentro del mondo e il mondo di fuori. Il dentro del mondo e il mondo di fuori. Alla fine finisce così, che in un modo o nell'altro, ancora una volta, si sceglie il dentro del mondo, mentre tutt'intorno ti sferraglia la tentazione di farla finita una buona volta e di rischiare a vederlo, questo mondo di fuori, cosa sarà mai, possibile che sia davvero così pauroso, possibile che non se ne andrà mai questa vigliacca paura di morire, di morire, morire, morire, morire, morire, morire? La morte più assurda, ma se si vuole anche più puntuale e giusta e responsabile, la fece Walter Huskisson, il senatore Walter Huskisson. Era senatore, lui, e più di chiunque altro si era battuto perché il parlamento e la nazione e il mondo tutto accettassero la rivoluzione delle strade ferrate, e in generale la benefica follìa dei treni. Così ebbe un posto d'onore sulla carrozza delle autorità quando finalmente, nel 1830, con grande solennità e generoso fasto, si inaugurò la linea Liverpool-Manchester, facendo partire da Liverpool la bellezza di otto treni, uno in fila all'altro, il primo lo guidava George Stephenson in persona, in piedi sulla sua *Northumbrian*, sull'ultimo c'era una banda che suonò per il viaggio intero, chissà cosa, chissà se avrà realizzato di essere la prima banda, con ogni probabilità, la prima in assoluto nella storia del mondo a suonare una musica che si muoveva a cinquanta chilometri all'ora. A metà del percorso si decise di fare una pausa, di fermarsi in una stazioncina intermedia, perché la gente potesse riposarsi dall'emozione, e dalla fatica e dagli scossoni e dall'aria e da quel mondo che non la smetteva di sfrecciare via tutt'intorno – si decise di fermare il mondo per un po', insomma, e si scelse una stazioncina intermedia e solitaria, in mezzo al nulla. La gente scese dalle carrozze, e in particolare scese Walter

Huskisson dalla sua, che era quella delle autorità, scese per primo e questa si rivelò essere una circostanza non priva di importanza visto che appena sceso – per primo, dalla carrozza delle autorità – fu travolto da uno degli otto treni che procedeva lentamente sul binario di fianco, non abbastanza lentamente per poter frenare davanti al senatore Walter Huskisson che, per primo, stava scendendo dalla carrozza delle autorità. Lo prese di striscio, a dire tutta la verità. Lo lasciò lì, con una gamba maciullata e uno stralunato stupore negli occhi. Poteva essere la più clamorosa delle beffe, la più lampante prova a sostegno di chi enunciava il demoniaco potere distruttivo di quelle macchine infernali che perfino non avevano vergogna di stritolare il più appassionato e sincero dei loro padri e sostenitori. Poteva essere lo sputtanamento definitivo e inconfutabile. Ma il senatore aveva ancora qualche spicciolo di passione da spendere e riuscì a non morire lì. Tenne duro. Così fecero voltare un treno – come, non si sa – e lo lanciarono a massima velocità di nuovo verso Liverpool dopo avergli caricato sopra il corpo maciullato del senatore, maciullato ma vivo, appeso alla vita per un soffio ma ancora lì, abbastanza triturato dal dolore per impazzirne ma ancora vivo quel tanto che bastava per accorgersi che un treno stava divorando l'aria e il tempo per lui, lanciato a massima velocità sul nulla di due binari di ferro con l'unico scopo di riuscire, alla fine, a salvarlo. Poi, a dirla tutta, non lo salvò. Però arrivò vivo all'ospedale di Liverpool, e lì morì, lì e non prima. Sì che il giorno dopo, su tutti i giornali, in mezzo alle grandi pagine dedicate alla storica inaugurazione, comparve sì un trafiletto dedicato alla singolare morte del senatore Walter Huskisson, ma non sotto il titolo, che non sarebbe parso illogico, "Senatore maciullato dal treno", ma sotto il titolo, lungimirante, "Un treno in corsa per salvare il senatore", sotto il quale, con penna ispirata, il cronista di turno raccontava l'epica corsa contro il tempo, la formidabile capacità del mostro meccanico di divorare spazio e tempo per riuscire a portare il corpo rantolante del senatore all'ospedale di Liverpool in sole due ore e ventitré minuti, infinita prodezza, acrobazia futurista grazie alla quale al senatore non spettò il destino anemico di crepare con la testa appoggiata a un sasso, in mezzo alla campagna, ma quello, nobile, di spegnersi in grembo alla medicina ufficiale in un letto vero e con un tetto sulla testa. Andò a finire così, e quella che poteva essere la peggiore delle beffe, lo sputtanamento finale e decisivo, divenne così, al contrario, l'ultima grandiosa perorazione del senatore Walter Huskisson in difesa del treno, inteso come idea e come oggetto, l'ultimo suo indimenticato discorso, discorso muto, oltretutto, praticamente niente più che un rantolo lanciato a settanta chilometri all'ora nell'aria della sera. E benché niente sia rimasto di lui, nel ricordo della Storia, è certo a quelli come lui che la Storia deve il ricordo di quando i treni erano per la prima volta treni. Centinaia di persone anche più oscure, tutti silenziosamente dediti a costruire quel grandioso azzardo dell'immaginazione, che d'un colpo otteneva di comprimere lo spazio e sminuzzare il tempo, ridisegnando le carte geografiche della terra e i sogni della gente. Non ebbero paura che si sfasciasse il mondo a stringerlo così, con quelle strade ferrate, o giusto ebbero un attimo di spavento, all'inizio, quando con delicatezza a suo modo affettuosa disegnarono le prime strade ferrate a fianco di quelle normali, proprio di fianco, curva dopo curva, che era un modo di sussurrare il futuro invece di gridarlo, perché non suonasse troppo spaventoso, e continuarono a sussurrarlo finché qualcuno non pensò che era tempo ormai di liberare quell'idea da ogni altra, e la liberarono, allontanandosi dalle strade di sempre e scatenando i binari nella solitudine della loro forza, ad arare traiettorie mai immaginate prima.

Tutto questo successe, un giorno. E non fu una cosa

da nulla ma una cosa immensa – immensa – tanto che è difficile pensarla tutta insieme, in una volta, con tutto quello che aveva dentro, tutta la ridda di conseguenze che le crepitavano dentro, un universo di minuzie gigantesche, è difficile, certo, eppure se solo si fosse capaci a pensarla, quella cosa immensa, a sentire il suono che fece esplodendo nella mente di quella gente, in quel momento, se solo si fosse capaci a immaginarla per un istante allora forse si potrebbe arrivare a capire com'è che quella sera, quando il campanile di Quinnipak si mise a suonare la mezzanotte e Jun si chinò sul volto del signor Rail per chiedergli "Allora, cos'hai comprato questa volta, matto di un signor Rail?", il signor Rail la strinse forte e pensando che mai avrebbe smesso di desiderarla, le sussurrò

– Una locomotiva.

2

– Me la ripete la mia nota, signor Pekisch?

– Non è possibile che ogni settimana se la dimentichi, signora Trepper...

– Le dico, anche a me sembra una cosa incredibile, eppure...

Pekisch frugò nella borsa finché trovò il fischietto giusto, ci soffiò dentro e nello stanzone risuonò un nitido la bemolle.

– Ecco, proprio quella... sa, sembra quella della signora Arrani, sembra proprio la stessa, e invece...

– La signora Arrani ha il sol, è tutt'un'altra nota...

La signora Arrani confermò facendo squillare con un acuto il suo sol personale.

– Grazie, signora, basta così...

– Era solo per aiutarla...

– Certo, va benissimo, ma adesso silenzio...

– Scusa, Pekisch...

– Cosa c'è, Brath?

– Volevo solo dire che manca il dottor Meisl.

– Qualcuno ha visto il dottore?

– Non c'è il dottore, è andato dagli Ornevall, sembra che la signora Ornevall avesse le doglie...

Pekisch scrollò il capo.

– Che nota aveva il dottore?

– Il mi.

– Va be', lo farò io il mi...

– Pekisch, se vuoi io faccio il mi e Arth fa il mio si e...

– Non complichiamo le cose, okay? Lo farò io il mi... ognuno si tenga la sua nota e il mi lo farò io.

– Il dottore lo faceva benissimo...

– Va bene, va bene, lo farà benissimo la prossima volta, adesso vediamo di incominciare... per favore, silenzio.

Trentasei paia di occhi si fissarono su Pekisch.

– Questa sera eseguiremo *Foresta incantata, boschi natii*. Prima strofa sottovoce, ritornello più vivo, mi raccomando. Okay. Tutti a posto. Come sempre: dimenticatevi chi siete e lasciate fare alla musica. Pronti?

Ogni venerdì sera Pekisch suonava l'umanofono. Era uno strano strumento. Lo aveva inventato lui. In pratica era una sorta di organo in cui però al posto delle canne c'erano delle persone. Ogni persona emetteva una nota e una sola: la sua personale. Pekisch manovrava il tutto da una rudimentale tastiera: quando premeva un tasto un complesso sistema di corde faceva pervenire al polso destro del cantore corrispondente uno strattone: quando sentiva lo strattone il cantore emetteva la sua nota. Se Pekisch teneva schiacciato il tasto la corda continuava a tirare e il cantore continuava con la sua nota. Quando Pekisch faceva risalire il tasto la corda mollava e il cantore si zittiva. Elementare.

A detta del suo inventore, l'umanofono presentava un vantaggio fondamentale: permetteva anche alle persone più stonate di cantare in un coro. Effettivamente se c'è molta gente che non è in grado di mettere in fila tre note senza stonare è invece molto raro trovare qualcuno incapace di emettere una nota una con perfetta intonazione e buon timbro.

L'umanofono faceva perno su questa capacità pressoché universale. Ogni esecutore non aveva che da badare alla sua nota personale: al resto ci pensava Pekisch.

Ovviamente lo strumento non era capace di grandi agilità e tendeva a scomporsi nell'affrontare passaggi particolarmente veloci o intricati. Anche in considerazione di ciò, Pekisch aveva messo a punto un repertorio acconcio, quasi integralmente costituito da sue variazioni su temi popolari. Per affinare i risultati si affidò a un paziente lavoro didattico e all'efficacia della sua eloquenza.

– Voi non venite qui a cantare una nota qualunque. Voi venite qui a cantare la *vostra* nota. Non è una cosa da niente: è una cosa bellissima. Avere una nota, dico: una nota tutta per sé. Riconoscerla, fra mille, e portarsela dietro, dentro, e addosso. Potete anche non crederci, ma io vi dico che lei respira quando voi respirate, vi aspetta quando dormite, vi segue dovunque andiate e giuro non vi mollerà fino a che non vi deciderete a crepare, e allora creperà con voi. Potete anche fare finta di niente, potete venire qui e dirmi, caro Pekisch mi spiace ma non credo di avere proprio nessuna nota dentro, e andarvene, semplicemente andarvene... ma la verità è che quella nota c'è... c'è ma voi non la volete ascoltare. E questo è idiota, è un capolavoro di idiozia, davvero, un'idiozia da rimanere di stucco. Uno ha una nota, che è sua, e se la lascia marcire dentro... no... statemi a sentire... anche se la vita fa un rumore d'inferno affilatevi le orecchie fino a quando arriverete a sentirla e allora tenetevela stretta, non lasciatela scappare più. Portatela con voi, ripetetevela quando lavorate, cantatevela nella testa, lasciate che vi suoni nelle orecchie, e sotto la lingua e nella punta delle dita. E magari anche nei piedi, sì, così chissà che non riusciate ad arrivare una volta puntuali, che non è possibile iniziare sempre con mezz'ora di ritardo, ogni venerdì, in ritardo, lo dico anche per lei, signor Potter, anzi soprattutto per lei, con tutto il rispetto, ma non ho mai visto entrare il suo sol da quella porta prima delle otto e mezzo, mai, mi possono essere testimoni tutti: mai.

Insomma, la metteva giù elegante, Pekisch. E la gente lo stava ad ascoltare. Ciò spiega come, salvo la saltuaria eccezione della signora Trepper, tutti i componenti dell'umanofono sfoggiassero una sicurezza di intonazione davvero singolare. Uno poteva fermarli in qualsiasi momento, in qualsiasi posto, chiedere di sentire la loro nota e quelli, con naturalezza infinita, la tiravano fuori, esatti come strumenti d'ottone, e invece erano uomini. In effetti se la portavano dietro (e dentro e addosso) proprio come pensava Pekisch, come un profumo, come un ricordo, come una malattia. Così. Alla lunga *diventavano* quella nota. Per dire, quando morì il reverendo Hasek (cirrosi epatica) fu chiaro a tutti che non era solo morto il reverendo Hasek ma anche, e in un certo senso soprattutto, il fa diesis più basso dell'umanofono. Gli altri due fa diesis (signor Wouk e signora Bardini) tennero il discorso commemorativo e Pekisch compose per l'occasione un rondò per banda e umanofono che toccava tutte le note tranne quella appena defunta. La cosa suscitò viva commozione.

Così.

– Scusa, Pekisch...

– Cosa c'è, Brath?

– Volevo solo dire che manca il dottor Meils.

– Qualcuno ha visto il dottore?

– Non c'è il dottore, è andato dagli Ornevall, sembra che la signora Ornevall avesse le doglie...

Pekisch scrollò il capo.

– Che nota aveva il dottore?

– Il mi.

– Va be', lo farò io il mi...

– Pekisch, se vuoi io faccio il mi e Arth fa il mio si e...

73

– Non complichiamo le cose, okay? Lo farò io il mi... ognuno si tenga la sua nota e il mi lo farò io.

– Il dottore lo faceva benissimo...

– Va bene, va bene, lo farà benissimo la prossima volta, adesso vediamo di incominciare... per favore, silenzio.

Trentasei paia di occhi si fissarono su Pekisch.

– Questa sera eseguiremo *Foresta incantata, boschi natii*. Prima strofa sottovoce, ritornello più vivo, mi raccomando. Okay. Tutti a posto. Come sempre: dimenticatevi chi siete e lasciate fare alla musica. Pronti?

Due ore dopo se ne tornavano a casa, Pekisch e Pehnt, Pehnt e Pekisch, scivolando nel buio verso la villetta della vedova Abegg dove uno aveva la sua stanza di pensionante a vita e l'altro il suo letto di simil-figlio provvisorio. Pekisch fischiettava la melodia di *Foresta incantata, boschi natii*. Pehnt camminava mettendo un piede davanti all'altro come su un invisibile filo sospeso su un canyon profondo quattrocento metri, forse di più.

– Di', Pekisch...

– Mmmh...

– Ce l'avrò, io, una nota?

– Sicuro che ce l'avrai.

– E quando?

– Prima o poi.

– Prima o poi quando?

– Magari quando diventerai grande come quella tua giacca.

– E che nota sarà?

– Non lo so, ragazzo. Ma quando sarà il momento la riconoscerai.

– Sei sicuro?

– Giuro.

Pehnt tornò a camminare sul filo immaginario. Il bello era che anche quando cadeva non succedeva niente. Era un canyon molto profondo. Ma era un canyon di animo buono. Ti lasciava sbagliare, quasi sempre.

– Di', Pekisch...

– Mmmh...

– Tu ce l'hai una nota, vero?

Silenzio.

– Che nota è, Pekisch?

Silenzio.

– Pekisch...

Silenzio.

Perché, a dire tutto il vero, non ce l'aveva una sua nota, Pekisch. Incominciava a diventare vecchio, suonava mille strumenti, ne aveva inventati altrettanti, aveva la testa che frullava di suoni infiniti, sapeva vedere il suono, che non è la stessa cosa di sentirlo, sapeva di che colore erano i rumori, uno per uno, sentiva suonare anche un sasso immobile – ma una sua nota, lui, non l'aveva. Non era una storia semplice. Aveva troppe note dentro per trovare la sua. È difficile da spiegare. Era così, e basta. Se l'era ingoiata l'infinito, quella nota, come il mare può ingoiarsi una lacrima. Hai un bel provare a ripescarla... puoi starci anche una vita. La vita di Pekisch. Una cosa che non è facile da capire. Magari uno ci fosse stato, quella notte che pioveva a dirotto e il campanile di Quinnipak suonava le undici, magari allora potrebbe capire, se avesse visto tutto con i propri occhi, se l'avesse visto, Pekisch, in quella notte. Allora sì. Forse capirebbe. Pioveva che Dio la mandava e il campanile di Quinnipak incominciò a suonare le undici. Bisognerebbe esser stati lì, allora. Lì, in quel momento. Lì. Per capire. Qualcosa di tutto quel tutto.

3

L'ingegnere ferroviario si chiamava Bonetti. Molto elegante, pochi capelli in testa. Profumava in modo esagerato. Consultava con singolare frequenza l'orologio del panciotto, cosa che lo faceva sembrare sempre sul punto di andarsene, reclamato da pressanti impegni. In realtà era un'abitudine che aveva contratto anni prima, il giorno in cui, nella calca della festa di San Patrizio, era stato derubato di un analogo orologio, prezioso ricordo di famiglia. Non è che guardasse l'ora: controllava che l'orologio ci fosse ancora. Quando arrivò a Quinnipak, dopo tre ore di carrozza, sentenziò brevemente:

– La necessità di una ferrovia in questa chiamiamola città non è solo logica ma del tutto e luminosamente evidente.

Poi scese dalla carrozza, provò a togliersi un po' di polvere di dosso, guardò l'ora, e chiese dov'era la casa del signor Rail. Insieme a lui viaggiava il suo assistente, un ometto sorridente che, con scarso senso dell'opportunità, portava il nome di Bonelli. Brath, che era andato a prenderli, li portò sul calesse giù per la strada che portava alla vetreria e poi, da lì, su per la collina fino alla casa del signor Rail.

– Magnifica casa – commentò l'ingegner Bonetti, controllando l'ora.

– Magnifica davvero – rispose Bonelli, a cui peraltro nessuno aveva chiesto niente.

Si riunirono intorno a un tavolo: Bonetti, Bonelli, il signor Rail e il vecchio Andersson. "Che io sappia i binari non li fanno di vetro: che ci vengo a fare io?" aveva protestato il vecchio Andersson. "Tu vieni e ascolta, al resto ci penso io" aveva risposto il signor Rail. "E poi chi l'ha detto: magari di vetro andrebbero benissimo." Sul tavolo era distesa una grande carta della regione di Quinnipak. Bonelli era arrivato con un voluminoso fascicolo e uno scrittoio da viaggio. Il signor Rail era in vestaglia. Bonetti guardò l'orologio. Il vecchio Andersson accese la sua pipa di schiuma.

– Immagino, signor Rail, che abbiate già studiato quale sarà il percorso della via ferrata... – disse Bonetti.

– Prego?

– Voglio dire... dovrebbe specificarci dove intendete far partire la ferrovia e quale sarà la città in cui intendete farla arrivare.

– Ah, be'... il treno partirà da Quinnipak, questo è deciso... o per meglio dire da qui, partirà più o meno da qui... pensavo ai piedi della collina, c'è un grande prato, credo che sia l'ideale...

– E quale sarebbe la destinazione? – domandò Bonetti con un filo di scetticismo nella voce.

– Destinazione?

– La città in cui fare arrivare il treno.

– Be', non c'è nessuna città in particolare in cui fare arrivare il treno... no.

– Mi perdoni, ma una città ci dev'essere...

– Lei crede?

Bonetti guardò Bonelli. Bonelli guardò Bonetti.

– Signor Rail, i treni servono per portare merci e

persone da una città all'altra, questo è il loro senso. Se un treno non ha una città in cui arrivare è un treno che non ha senso.

Il signor Rail sospirò. Fece passare un attimo e poi parlò, con una voce piena di comprensiva pazienza.

– Caro ingegner Bonetti, l'unico vero senso di un treno è quello di correre sulla superficie della terra con una velocità che nessun'altra persona o cosa è in grado di avere. L'unico vero senso di un treno è che l'uomo ci sale sopra e vede il mondo come non l'ha mai visto prima, e ne vede così tanto, in una volta sola, come non ne ha mai visto in mille viaggi in carrozza. Se poi, nel frattempo, questa macchina riesce anche a portare un po' di carbone o qualche vacca da un paese all'altro, tanto di guadagnato: ma non è quello l'importante. Perciò, per quanto mi riguarda, non c'è nessun bisogno che il mio treno abbia una città dove arrivare, perché, in generale, non ha bisogno di arrivare da nessuna parte essendo il suo compito quello di correre a cento all'ora in mezzo al mondo e non di arrivare in qualche posto.

L'ingegner Bonetti schioccò un'occhiata furibonda all'incolpevole Bonelli.

– Ma tutto questo è assurdo! Se fosse come lei dice, allora tanto varrebbe fare una ferrovia circolare, un grande anello di una decina di chilometri, e poi farci correre un treno che dopo aver bruciato chili di carbone e fatto spendere un sacco di soldi otterrebbe il formidabile risultato di riportare tutti al punto di partenza!

Il vecchio Andersson fumava senza fare una piega. Il signor Rail continuò con una calma olimpica.

– Questo è un altro discorso, caro ingegnere, non bisogna confondere le cose. Come le ho spiegato nella mia lettera sarebbe mio desiderio costruire una ferrovia di duecento chilometri perfettamente diritta, e le ho anche spiegato perché. La traiettoria di un proiettile è rettilinea e il treno è un proiettile sparato nell'aria. Sa, è molto bella l'immagine di un proiettile in corsa: è la metafora esatta del destino. Il proiettile corre e non sa se ammazzerà qualcuno o finirà nel nulla, ma intanto corre e nella sua corsa è già scritto se finirà a spappolare il cuore di un uomo o a scheggiare un muro qualunque. Lo vede il destino? Tutto è già scritto eppure niente si può leggere. I treni sono proiettili e sono anche loro esatte metafore del destino: molto più belle e molto più grandi. Ecco io penso che sia meraviglioso disegnare sulla superficie della terra questi monumenti alla incorruttibile e rettilinea traiettoria del destino. Sono come dei quadri, dei ritratti. Tramanderanno per anni il profilo implacabile di ciò che chiamiamo destino. Per questo, il mio treno andrà diritto per duecento chilometri, caro ingegnere, e non ci saranno curve, no, niente curve.

L'ingegner Bonetti se ne stava in piedi con la faccia marmorizzata in un'espressione di totale sbalordimento. A guardarlo si sarebbe potuto pensare che erano riusciti a fregargli un'altra volta l'orologio.

– Signor Rail!

– Sì, ingegnere...

– SIGNOR RAIL!

– Dica.

Ma invece di dire, Bonetti crollò sulla sedia, come un pugile che dopo un paio di ganci sparati a vuoto cadesse, sconfortato, al tappeto. Fu lì che Bonelli rivelò di essere qualcosa di più che una nullità.

– Lei ha perfettamente ragione, signor Rail – disse.

– Grazie, signor...

– Bonelli.

– Grazie, signor Bonelli.

– Sì, lei ha perfettamente ragione, e benché le obbiezioni dell'ingegnere siano assolutamente fondate, non si può negare che lei ha idee molto precise su quello che vuole, e che dunque merita di ottenerlo. Tuttavia, se mi consente, si lasci dire che l'eventualità di scegliere una città come punto d'arrivo del suo treno non andrebbe esclusa così drasticamente. Se, come mi pare di aver capito, la scelta del posto in cui le rotaie finiranno le è del tutto indifferente, non dovrebbe infastidirla se, diciamo *per caso*, quel posto sarà una città, una città qualunque. Vede, un'eventualità del genere ci risolverebbe molti problemi: sarebbe più semplice costruire la ferrovia e sarebbe più semplice, un domani, farci correre sopra un treno.

– Vorrebbe riassumere?

– Semplice: indicateci una qualunque città su questa carta che disti duecento chilometri da qui e avrete i vostri duecento chilometri di binari diritti con sopra un treno che ci corre a cento all'ora.

Il signor Rail accennò un soddisfatto sorriso di stupore. Gettò un'occhiata verso il vecchio Andersson e poi si piegò sulla carta. La studiava come se non l'avesse mai vista prima, cosa che peraltro era assolutamente probabile. Misurava con le dita, borbottava qualcosa, vagolava con lo sguardo. Intorno, silenzio totale. Passò forse un minuto. Poi il vecchio Andersson si scrollò dalla sua immobilità, si sporse sulla carta, usò la sua pipa per misurare due distanze, sorrise soddisfatto, si avvicinò al signor Rail e gli sussurrò un nome nell'orecchio.

Il signor Rail si lasciò andare contro lo schienale della sedia come se qualcosa lo avesse colpito.

– No – disse.

– Perché no?

– Perché lì non possiamo, Andersson, quella non è una città qualunque.

– Appunto. Proprio perché non è una città qualunque...

– Io non posso fare arrivare il treno lì, cerca di capire.

– Non c'è niente da capire. È semplicissimo. Nessuno ci proibisce di farlo arrivare lì, quel treno, nessuno.

– Nessuno ce lo proibisce ma è meglio che noi lo facciamo arrivare altrove, questa è la verità.

Bonetti e Bonelli assistevano immobili e silenziosi come due lapidi.

– E poi Jun non me lo perdonerebbe mai.

Tacque, il signor Rail, dopo aver mormorato "E poi Jun non me lo perdonerebbe mai". Tacque per un attimo anche il vecchio Andersson. Poi si alzò e rivolto ai due ospiti disse

– I signori vorranno scusarci un attimo.

Prese il signor Rail e lo portò nella stanza accanto. Salotto cinese.

– Non solo Jun ti perdonerà: ma quello sarà l'ultimo e il più bello dei regali.

– Regali? Ma quella è un'assurdità bell'e buona, lei non vuole nemmeno sentirne parlare di Morivar, e io ci faccio arrivare un treno... no, no, non è una buona idea, Andersson...

– Sentimi bene, signor Rail: voi due potrete anche non parlarne mai, di Morivar, potrete continuare a tenervi questo segreto e non sarò io a raccontarlo al mondo, ma questo non cambierà nulla: arriverà quel giorno, e quel giorno Jun dovrà andarci, a Morivar. E se davvero i treni sono fatti come il destino, e il destino è fatto come i treni, allora io dico che quel giorno non ci sarà un modo più giusto e più bello di arrivarci, a Morivar, di quello d'arrivarci con il culo su un treno.

Tacque, il signor Rail. Guardava il vecchio Andersson e pensava. Gli saliva da dentro una tristezza antica e sapeva che non doveva lasciarla arrivare dove avrebbe cominciato a fare male davvero. Cercò di pensare a un treno in corsa, solo a quello, a farsi portare via da quell'idea, un treno in corsa, come una ferita lungo la campagna di Quinnipak, sempre dritto davanti a sé, fino a dove chissà, fino a dove le rotaie svaniranno nel nulla, sarà un luogo qualunque, o forse una città, quale città, una città qualunque, o invece proprio quella, dritto come un proiettile sparato contro quella città, proprio quella, perché ci sono mille posti in cui può arrivare un treno, ma quel treno ha un suo posto speciale dove arrivare, e quel posto sarà Morivar.

Abbassò lo sguardo.

– Però Jun non lo capirà.

– Quel giorno. Lo capirà quel giorno.

Quando rientrarono nella sala, Bonetti e Bonelli accennarono, con un automatico refolo di servilismo, ad alzarsi.

– Comodi, prego... dunque, si è deciso così... il treno partirà da qui e arriverà, precisamente, a Morivar. Dovrebbero esserci giusto un duecento chilometri... andando diritti, si intende.

Bonetti si sporse sulla carta cercando con le sue dita grassocce quel nome che da qualche parte aveva già sentito.

– Magnifico! Vedo che Morivar è sul mare, questo offrirà delle ottime opportunità di sfruttamento commerciale... la sua decisione, signor Rail, mi sembra ideale, davvero mi sembra che...

– Le opportunità di sfruttamento commerciale, come lei le chiama, non hanno la benché minima importanza, ingegnere. Vorrebbe piuttosto dirmi quando sarà possibile iniziare i lavori e quanto credete che possa costare tutto questo?

L'ingegner Bonetti tolse gli occhi dalla carta e l'orologio dal taschino usando i primi per controllare l'esistenza del secondo. Parlò Bonelli, che era lì appunto per quello.

– Sarà necessario organizzare un cantiere di un'ottantina di persone... Nel giro di un paio di mesi potremo metterlo in grado di funzionare. Quanto ai costi, il suo desiderio, perfettamente legittimo, di far correre la via ferrata in linea retta ci costringerà a qualche lavoro supplementare... dovremo studiare attentamente il percorso, ma è probabile che si rendano necessari degli scavi, alcuni terrapieni e, forse, perfino dei tunnel... In ogni caso crediamo che la cifra che troverà in questo foglio possa essere approssimativamente credibile...

Il signor Rail prese in mano il foglio. C'era solo scritto un numero. Lo lesse. Alzò lo sguardo e porgendo il foglio a Andersson disse

– Non è esattamente uno scherzo ma credo che con qualche sacrificio ce la faremo.

Bonelli lo guardò negli occhi.

– Com'è consuetudine, la cifra è relativa alla realizzazione di dieci chilometri di strada ferrata. Nel nostro caso andrebbe dunque moltiplicata per venti...

Il signor Rail riprese il foglio dalle mani di Andersson, lo rilesse, rialzò lo sguardo verso Bonelli, lo spostò su Bonetti, lo fece tornare su Bonelli.

– Veramente?

4

Un uomo, come un pendolo, che corre instancabile avanti e indietro dalla casa alla strada.

Sotto il diluvio, un uomo, come un pendolo impazzito, corre avanti e indietro dalla casa alla strada.

Nella notte, sotto il diluvio, un uomo, come un pendolo impazzito, esce di corsa dalla sua casa, si ferma in mezzo alla strada, poi torna precipitosamente dentro casa, e di nuovo corre fuori, e di nuovo si scaracolla in casa, e sembra che non la smetterà mai.

Nella notte, sotto il diluvio, un uomo, come un pendolo impazzito e fradicio, esce di corsa dalla sua casa, si ferma in mezzo alla strada, insegue qualcosa nell'aria e nell'acqua tutt'intorno, poi torna precipitosamente dentro casa, e di nuovo corre fuori, e di nuovo si scaracolla in casa, e sembra che non la smetterà mai, come se fosse stregato dai rintocchi della campana che in quel momento violano il buio e si sciolgono nell'aria liquida dell'infinito acquazzone.

Undici rintocchi.

Uno sull'altro.

Lo stesso suono, per undici volte.

Ogni rintocco come se fosse l'unico.

Undici onde di suono.

E in mezzo un tempo innumerabile.

Undici.

Uno dopo l'altro.

Sassi di bronzo nell'acqua della notte.

Undici suoni impermeabili gettati nel marcio della notte.

Erano undici rintocchi, schioccati nel diluvio dalla campana che vigilava la notte.

Fu il primo – già il primo – a prendere a tradimento l'anima di Pekisch, e a bruciarla.

Pekisch stava lì a vedere il diluvio, di là dal vetro. Ma più propriamente lo *ascoltava*. Per lui, tutto quello era innanzitutto una sterminata sequenza di suoni. Come spesso gli succedeva quando il mondo si esibiva in sinfonie particolarmente complesse, assisteva con ipnotica attenzione, l'anima divorata da un sottile, febbricitante nervosismo. Suonava alla grande, il diluvio, e lui ascoltava. Nella sua stanza, in fondo al corridoio della casa della vedova Abegg, a piedi nudi, camiciona da notte di lana grezza, il volto a un palmo dal vetro, immobile. Il sonno si era allontanato da lui. Erano soli, meravigliosamente soli, lui e il diluvio. Ma, nella notte, la campana di Quinnipak spiccò il suo primo rintocco.

Pekisch lo sentì partire, dribblare i mille suoni che colavano dal cielo, perforare la notte, lambirgli la mente e sparire lontano. Sentì come se qualcosa l'avesse colpito di striscio. Una ferita. Cessò di respirare e istintivamente si mise in attesa del secondo rintocco. Lo sentì partire, dribblare i mille suoni che colavano dal cielo, perforare la notte, bucargli la mente, e sparire lontano. Nel preciso istante in cui tornò il silenzio capì di averne la certezza più assoluta: quella nota non esisteva. Spalancò la porta della stanza, fece di corsa il corridoio e a piedi nudi sbucò per strada. Lo sentì, mentre correva, il terzo rintocco, e poi improvvisa la muraglia d'acqua che lo affogava dal cielo, ma non smise di correre fino a che non fu in mezzo alla strada. Allora si fermò, i piedi nel fango, alzò lo sguardo verso il campanile di Quinnipak, chiuse gli occhi, affogati in un pianto che non era il loro, e aspettò che arrivasse.

Il quarto rintocco.

Ci mise un paio di secondi a sentirlo tutto, dal primo spillo di suono all'ultimo refolo: poi scattò precipitosamente verso casa. Correva gridando una nota sotto il putiferio dell'acquazzone, contro il frastuono di quel putiferio. Non mollò la nota aprendo la porta di casa, e neppure correndo per il corridoio, sbiascicando fango dappertutto e acqua giù dai vestiti, e dai capelli e dall'anima, non la mollò fino a che non arrivò nella sua stanza davanti al suo fortepiano, Pleyel 1808, legno chiaro venato da curve come nuvole, si sedette e incominciò a cercare tra i tasti. Cercava la nota, ovviamente. Si bemolle e poi la e poi si bemolle e poi do e poi do e poi si bemolle. Cercava la nota, nascosta tra tasti bianchi e neri. Dalla mano colava l'acqua del grande acquazzone, partita dall'ultimo dei cieli per lacrimare infine su un tasto d'avorio e scendere a scomparire nella fessura tra un do e un re – meraviglioso destino. Non la trovò. Smise di gridarla. Smise di toccare i tasti. Sentì un rintocco arrivargli, chissà quale. Si alzò di scatto, ripartì di corsa per il corridoio, saltò in strada, nemmeno si fermò questa volta, correva addosso all'acqua e incontro a quel suono che la campana regolarmente gli sparò attraverso un muro d'acqua – l'imperturbabilità senza scampo di una campana – e lui ricominciò a gridare quella nota che non esisteva e virando la sua corsa dentro il fiume in piena dell'acquazzone tornò difilato dentro casa, scivolò nel fango del corridoio fino al Pleyel del 1808, legno chiaro venato da curve come nuvole, e ritmicamente urlando quella nota che non esisteva ritmicamente si mise a percuotere i tasti uno dopo l'altro, per estorcergli quello che proprio non avevano e cioè la nota che non esisteva. Gridava e martellava, si bemolle e poi do e poi si bemolle e poi si bemolle e poi si bemolle, e gridava martellando i tasti con incredulo furore, o chissà magari era meravigliato entusiasmo – d'altronde erano lacrime o gocce di pioggia quelle che gli si squagliavano sul volto? Quando ripartì di corsa lungo il corridoio c'erano ormai sul pavimento abbastanza acqua e fango per farlo arrivare scivolando alla porta, e oltre a quella, scivolando, nella strada, dove di nuovo, ma con il respiro che gli ritmava un tempo tutto particolare, come un orologio impazzito chiuso nella cassa di quella pendola immane che era Quinnipak e il suo campanile, di nuovo alzò lo sguardo nel nulla della notte perché si impigliasse in lui più possibile di quella bolla di suono che regolarmente gli arrivò, giù dal campanile, attraverso i mille specchi dell'acquazzone fino alle orecchie, così che lui la prese, e come uno che portasse un sorso di acqua nel cavo della mano, riscappò verso casa, a dissetare chissà chi, a dissetare se stesso, e questo avrebbe fatto, ma arrivato a metà del corridoio si scoprì la mano svuotata, e cioè la mente vuota e silenziosa – fu un momento – fu forse anche l'intuizione di ciò che stava per succedere – fatto sta che si fermò, nel bel mezzo del corridoio, inchiodò la sua corsa artigliandosi ai muri e ai mobili, per poi voltarsi, come richiamato da una paura improvvisa, e risputarsi fuori dalla casa, oltre la porta fino in mezzo alla strada dove con i piedi persi in una pozza enorme di acqua torbida, si lasciò cadere in ginocchio e stringendosi la testa tra le mani chiuse gli occhi e pensò "adesso, proprio adesso" e mormorò "oppure mai più".

Stava lì, come una candela accesa in un granaio che brucia.

Sepolto da un mare di suoni liquidi e notturni aspettava una rotonda nota di bronzo.

Un piccolo meccanismo scattò nel cuore dell'orologio del campanile di Quinnipak.

La lancetta più lunga si spostò avanti di un minuto.

In mezzo a un mare di suoni liquidi e notturni scivolò fino a Pekisch una rotonda bolla di silenzio. Sfiorandolo si ruppe, macchiando di silenzio il gran frastuono dell'infinito temporale.

"Sì, quella notte venne giù un vero nubifragio, sa, non è che dalle nostre parti succeda poi così di frequente, così me lo ricordo... anche se, ovviamente, non è l'unica ragione per cui mi ricordo quella notte... e anzi è certo una delle ragioni più insignificanti... per quanto... a dire il vero il signor Pekisch ha sempre sostenuto che era proprio per via della pioggia che era successo tutto quello... non so se mi spiego... vede lui pensava che era stata l'acqua a produrre quel suono strano... diceva che il suono della campana passando in quel muro d'acqua e rimbalzando su ogni goccia... arrivava una nota diversa, insomma... come se uno suonasse una fisarmonica in fondo al mare... arriverebbero dei suoni diversi, no?... ma poi non so... non capisco sempre quello che dice il signor Pekisch... Mi ha anche spiegato, una volta... mi ha messo davanti al suo fortepiano e mi ha spiegato... diceva che tra un tasto e l'altro in realtà ci sono infinite note, un pandemonio di note segrete, per così dire, note che non sentiamo... cioè, io e lei non le sentiamo, perché lui, il signor Pekisch, lui le sente, e questo se vuole è la radice di tutti i suoi mali, e di quell'inquietudine che lo divora, sì lo divora... diceva che quella nota, quella notte, era appunto una di quelle note invisibili... capisce, quelle che ci sono tra un tasto e l'altro... una nota invisibile perfino per lui... ecco... ma poi non so... io non capisco molto di queste cose... sa cosa diceva il mio caro Charlus? Diceva: 'la musica è l'armonia dell'anima', così diceva... e io la penso così... non riesco a capire come possa diventare una... una malattia... addirittura una malattia... capisce?... E comunque... comunque io lo vidi, quella notte... mi svegliai, naturalmente... mi sporsi giù dalla scala e lo vidi che correva per il corridoio, e gridava... sembrava ammattito. Faceva anche un po' paura, in un certo senso, e allora non mi mossi, restai lì a spiarlo nascosta al piano di sopra... sa, allora non c'era ancora Pehnt, io stavo di sopra e il signor Pekisch al pianterreno, in fondo al corridoio... sì, appunto, il corridoio... insomma alla fine non sentii più niente, come se fosse scomparso... allora scesi le scale e feci tutto il corridoio fino alla porta... era tutto infangato, naturalmente, c'era acqua dappertutto... arrivai alla porta e guardai fuori. Però non lo vidi subito, c'era un acquazzone fortissimo e poi era notte, non lo vidi subito. Poi però lo vidi. Ed era incredibile ma lui stava là sotto quel diluvio, inginocchiato nel fango, stringendosi la testa fra le mani, così... lo so che è strano, ma... era così... e io lo vidi e non ebbi più paura... anzi, per così dire... mi infilai il mantello addosso e corsi sotto la pioggia gridando 'Signor Pekisch, signor Pekisch', e lui niente, sempre là, come una statua... era anche un po' ridicola tutta quella scena, capisce?... lui là inginocchiato e io a saltellare nel fango sotto quel diluvio... non so... alla fine lo presi per le mani e lui si alzò, lentamente, e lo riportai in casa... lui si faceva portare, non disse nulla... vede, questo è vero, io non sapevo quasi niente di lui... era solo qualche mese che abitava da me... e non si può dire che ci fossimo mai detti qualcosa di più di buongiorno o buonasera... non sapevo chi era, io... questo è vero... eppure lo portai nella sua stanza e poi... gli tolsi la camicia da notte fradicia, così, non saprei dire perché, ma non mi chiesi neppure per un attimo se era sconveniente fare una cosa del genere... so che semplicemente la feci, e iniziai ad asciugarlo, passandogli l'asciugamano sulla testa e sul corpo mentre lui tremava dal freddo e non diceva niente. Non so... aveva il corpo di un ragazzo, sa? un ragazzo coi capelli grigi... strano... e alla fine lo misi a letto, sotto una bella coperta... così. E forse non sarebbe successo niente se io non fossi rimasta lì, a guardarlo, seduta sul letto... chissà... fatto sta che rimasi lì, chissà perché, finché lui a un certo punto mi abbracciò... così, mi strinse forte, e io l'abbracciai, e... stavamo stretti uno contro l'altro, su quel letto, e poi sotto quella coperta... così, e poi tutto il resto... io credo che Charlus avrebbe capito... no, davvero, non lo dico per scusarmi, ma lui era così... lui diceva 'la vita è un bicchiere da bere fino in fondo', così diceva... ed era così... l'avrebbe capito... Poi, poco prima dell'alba io scivolai fuori dal letto e tornai nella mia camera. Al mattino, in cucina... c'era il sole che entrava dalle finestre, e lui si sedette al tavolo e semplicemente disse, come tutti gli altri giorni 'Buongiorno, signora Abegg' e io risposi 'Buongiorno a lei, signor Pekisch, dormito bene?', 'Benissimo' ... come se niente fosse successo, né quella storia della campana, né tutto il resto... quando uscì passò per il corridoio, questo me lo ricordo benissimo, e allora si fermò, tornò indietro, si sporse in cucina e senza levare gli occhi da terra mi disse piano... mi disse qualcosa come 'mi spiace per il corridoio', una cosa così... e io gli dissi 'non si preoccupi, signor Pekisch, ci vorrà un attimo a pulirlo'... andò così... è strano come alle volte non ci sia proprio nulla da dire... più o meno la storia è questa, ecco... sa, sono anche passati più di quindici anni da allora... tanto tempo... anni... no, non ho mai pensato di sposare il signor Pekisch, a dir la verità non me l'ha nemmeno mai chiesto, questo glielo devo dire con la massima sincerità, lui non ha mai fatto parola di tutto questo, e... comunque voglio dirle... non gli avrei detto sì... capisce?... anche se me lo avesse chiesto io avrei detto no, perché io ho avuto un uomo nella mia vita e... ho avuto la fortuna di amare un uomo e non riesco a immaginare che questo possa succedere di nuovo... ci pensa? le stesse parole, mi verrebbe da dire le stesse parole, sarebbe ridicolo... no, non lo avrei mai sposato... il signor Pekisch............ Sa, ci sono delle notti che... succede alle volte che di notte... alcune volte... il signor Pekisch entra piano piano nella mia stanza... oppure io entro nella sua... il fatto è che certe volte si ha dentro quella stanchezza brutta, così, passa la voglia di continuare, di resistere... viene quella confusione in testa, e quella stanchezza... così non è bello, poi, quando arriva la notte, non è proprio il momento per starsene lì nel buio, da soli... proprio non ci vorrebbe quella storia della notte... e così, alle volte, esco dalla mia stanza e in silenzio entro in quella del signor Pekisch... e anche lui, alle volte, fa così... ed entro nel suo letto, e ci abbracciamo... lei dirà che non è più l'età, questa, per fare certe cose, le sembrerà ridicolo tutto questo, e io lo so che non sono più una donna bella e... ma succede, ecco... ci abbracciamo, e tutto il resto... in silenzio... vede, in tanti anni non c'è stata mai una volta che il signor Pekisch mi abbia detto no... e io tutte le volte che l'ho visto entrare piano piano nella mia stanza, nel buio, non gli ho mai detto no... non che succeda così spesso, mi creda... solo delle volte, così... ma non gli ho mai detto no... A dire il vero... a dire il vero non gli ho mai nemmeno detto di sì, cioè, non gli ho mai detto niente, ecco, non ci diciamo mai niente, non una parola... e nemmeno dopo, nella vita, non abbiamo mai parlato di questa storia, non ne abbiamo mai parlato, non una parola... è una specie di segreto... una specie di segreto anche per noi... solo una volta, mi ricordo, adesso lei riderà, ma... una volta mi svegliai nella notte, e lui era lì, seduto sul mio letto e mi guardava... e mi ricordo che quella volta si

chinò su di me e mi disse 'Tu sei la donna più bella che
io abbia mai visto', così... oh, io ero già vecchia, allora, e
non era vero tutto quello... e però, anche, era vero... era
vero per lui, in quel momento, io so che era vero... solo
per lui, e solo quella notte, ma era vero........ Io l'ho detto, una volta, a Pehnt... sa, lui scrive quel quadernetto,
ogni giorno, per sapere tutte le cose... io gliel'ho detto
che la vita... gli ho detto, quel che di bello c'è nella vita è
sempre un segreto... per me è stato così... le cose che si
sanno sono le cose normali, o le cose brutte, ma poi ci
sono dei segreti, ed è lì che si va a nascondere la felicità... a me è successo così, sempre... e io dico che lo sco-
prirà anche lui, diventando grande... gli passerà questa
voglia di sapere... sa, io credo che ce la farà, che un giorno partirà davvero per la capitale e diventerà un uomo
importante, avrà una moglie, dei figli e conoscerà il
mondo... credo che ce la farà... davvero quella giacca
non è poi così grande... partirà un giorno... magari partirà con il treno, sa, il treno che adesso costruirà il signor
Rail... io non ne ho mai visti, ma mi hanno detto che sono bellissimi, i treni... partirà con il treno, magari, e chissà se tornerà mai più... non so... mi hanno detto che dai
treni si vede il mondo come se si muovesse, come una
specie di lanterna magica... ah, dev'essere davvero bello,
dev'essere un divertimento... lei non ci è mai salito sopra? dovrebbe farlo, lei che è giovane dovrebbe farlo...
al mio caro Charlus sarebbero piaciuti, lui aveva del coraggio e gli piaceva tutto ciò che era nuovo... gli sarebbe
piaciuto il treno... be' ovviamente non come gli piacevo
io... no, scherzo, non mi stia a sentire, dicevo per dire,
davvero... così, per dire......."

5

– Ma com'è, signor Rail, com'è andare veloci?

Nel giardino davanti alla casa c'era un po' tutta la gente di casa Rail. C'era anche qualche operaio della vetreria e tutti i servi, e il signor Harp, che sapeva tutto della terra, e il vecchio Andersson, che sapeva tutto del vetro, e altri ancora. E Jun, e Mormy. E il signor Rail.

– Non si può raccontare, non è possibile... bisogna provare... è un po' come se il mondo vi girasse attorno vorticosamente... in continuazione... ecco è un po' come se... se voi provate a girare su voi stessi, così, girate più veloci che potete tenendo gli occhi aperti... così...

E si mise a girare su se stesso, in effetti, con le braccia spalancate, il signor Rail, e gli occhi aperti, lì nel prato, con la testa leggermente curvata all'indietro...

– ... girate così e guardate... ecco, il mondo lo si vede così quando si è sui treni... proprio così... girate e guardate... è come andare veloci... la velocità...

... e barcollando alla fine si fermò, con la testa che gli girava, ma ridendo e...

– ... su avanti, provate... dovete girare su voi stessi, più forte che potete e tenendo gli occhi aperti... avanti, volete sapere sì o no cosa vuol dire andare veloci? e allora girate, diavolo, mettetevi a girare.

Così che, in effetti, a uno a uno, e dapprima con prudente lentezza poi sempre più veloci, tutti si misero a girare su se stessi, nel grande prato – allargarono le braccia e uno a uno presero a girare su se stessi sgranando gli occhi davanti a sé, un davanti che cambiava in continuazione, ruotava via dagli occhi lasciandosi una scia di immagini imprendibili e una vertigine strana – così che alla fine ruotavano tutti, nel gran prato, e gli operai della vetreria, e le domestiche che ancora erano bambine, e il signor Harp, che tutto sapeva della terra, e il vecchio Andersson, che tutto sapeva del vetro, e in generale tutti quanti, con le braccia spalancate e gli occhi sgranati davanti a sé, mentre sempre più acute schioccavano le risate e gli strilli, e qualcuno alla fine si lasciava cadere per terra, e si scontravano, girando a perdifiato, gridando, ridendo, le gonne che si alzavano ruotando, cappelli che cadevano, qualche imprecazione divertita nell'aria, gli occhi pieni di lacrime dal ridere, dritti, alla fine, uno nelle braccia dell'altro, quello che ha perso la scarpa, le più bambine a strillare con voci di vetro, borbotta qualcosa il vecchio Andersson, e chi cade finisce che si rialza e ci riprova nel gran baccano generale, in quella generale trottola collettiva che se mai uno potesse vederla dall'alto, come con l'occhio di Dio, vedrebbe quel pratone con quei matti che ruotano all'impazzata e penserebbe "dev'essere una festa danzante", o più probabilmente direbbe "guarda, degli strani uccelli stanno per alzarsi in cielo per volar via lontano". E dire che invece erano poi solo uomini, uomini in viaggio su un treno che non c'era.

– Prova a girare, Mormy, dài...

In mezzo al gran bailamme Mormy se ne stava immobile, a guardarsi intorno, divertito. Il signor Rail si era accovacciato vicino a lui.

– Se vuoi vedere quel che si vede da un treno devi girare... così, come gli altri...

Mormy lo guardava fisso negli occhi in quel suo modo che non perdonava nessuno, perché nessuno aveva occhi come quelli – belli come quelli – e nessuno mai ti fissava in quel modo, come ti fissava lui. E taceva. Questo era per così dire il corollario di quello sguardo unico: lui taceva.

Sempre. Da quando era arrivato a Quinnipak aveva detto forse un centinaio di parole. Osservava, si muoveva con metodica lentezza e taceva. Aveva undici anni ma li aveva in un modo molto singolare, tutto suo. Sembrava vivesse in un acquario suo personale dove non esistevano le parole e il tempo era un rosario da sgranare con pazientissima cura. Aveva qualcosa di complicato nella testa, Mormy. Forse di malato. Nessuno lo sapeva, nessuno poteva saperlo.

– Mormy!...

La voce di Jun gli arrivò da lontano. Si voltò a guardarla. Rideva, la sua gonna girava con lei, i capelli le viaggiavano sul volto, anche loro presi nel gorgo del gran treno immaginario. Mormy rimase ad osservarla per un po'. Non disse nulla. Ma a un certo punto iniziò lentamente a girare su se stesso, spalancò le braccia e iniziò lentamente a girare, lentamente, e subito chiuse gli occhi – lui solo, tra tutti – perché mai avrebbe potuto vedere tutto quello che c'era da vedere e che non vide, in viaggio sul suo treno cieco, perché nella sua testa mai avrebbero potuto entrare, così in fila, rapidamente, tutte quelle immagini – Jun, il prato, il bosco, la fabbrica di vetro, il fiume, le betulle lungo il fiume, la strada che saliva, le case di Quinnipak in lontananza, la casa e poi di nuovo Jun, il prato, il bosco, la fabbrica di vetro, il fiume, le betulle lungo il fiume, la strada che saliva, le case di Quinnipak in lontananza, la casa e poi di nuovo Jun, il prato, il bosco, la fabbrica di vetro, il fiume, le betulle lungo il fiume, la strada che saliva, le case di Quinnipak in lontananza, di Quinnipak in lontananza, di Quinnipak in lontananza, Quinnipak, Quinnipak, Quinnipak, Quinnipak, le case di Quinnipak, la strada in mezzo alle case, in mezzo alla strada la gente, tanta gente in mezzo alla strada, le chiacchiere che salgono su dalla gente lì radunata in mezzo alla strada, nubi di parole che evaporano nel cielo, davvero una grande festa di parole in libertà, oziose, qualunque, indimenticabili, davvero un braciere di voci messo lì ad arrostire il comune, generale gran stupore, "Voi fate un po' quel che volete, ma a me non mi vedrete salire su quel treno, no", "Ci salirai, vedrai, al momento buono ci salirai", "Ci salirà eccome, se ci salirà Molly ci salirà anche lui, puoi scommetterci", "Cosa c'entra adesso la signorina Molly, vedete di lasciarla fuori da questa faccenda", "È vero, il treno non è una cosa da signore", "Vorrà scherzare, spero, noi siamo assolutamente in grado di salire su un treno", "Stai calma, cara", "Calma un corno, il signore crede forse che un treno sia una battaglia, che ci possono andare solo gli uomini?", "La signora Robinson ha ragione, io ho letto che ci vanno anche i bambini", "Non bisognerebbe farli salire i bambini, non gli si può fare rischiare la vita...", "Ho un cugino, io, che c'è andato e dice che non c'è nessun pericolo, assolutamente", "Di', ma li legge i giornali tuo cugino?", "È vero, c'era sul giornale, quel treno che è caduto giù dalla scarpata", "Cosa vuol dire, anche Pritz è andato giù dalla scarpata eppure non è un treno", "Oh, ma sai che ne dici di idiozie?", "È un castigo divino, il treno, ecco cos'è", "Ecco, ha parlato il teologo", "Certo, ha parlato il teologo, cosa credi, non è mica per niente che ci sono stato per anni a fare il cuoco in quel seminario", "Dilla giusta, era una galera", "Stupidi, è la stessa cosa", "Secondo me è come andare a teatro", "Cosa?", "Secondo me il treno sarà come una specie di teatro", "Vuole dire che sarà uno spettacolo", "No, proprio come un teatro, si pagherà il biglietto e tutto il resto", "Ma figurati se si paga", "Certo che si paga, mio cugino mi ha detto che ti danno un biglietto, tu paghi e ti danno un dischetto d'avorio che tu restituisci alla stazione d'arrivo, dice che è simile ai biglietti che danno a teatro", "L'ho detto io che sarà come il teatro", "Ah, se c'è da pagare, se lo scordano proprio che io ci salgo su quel treno", "Cosa pensavi, che ti pagavano a te per salirci?", "È una cosa da ricchi, ascoltate me, è una cosa da ricchi il treno", "Ma il signor Rail mi ha detto che potremo salirci tutti", "Per intanto il signor Rail dovrà trovare i soldi per farlo, questo treno", "Li troverà", "Non li troverà mai", "Sì che li troverà", "Sarebbe bello che li trovasse", "Comunque ha già comprato la locomotiva, questo l'ha detto lui, l'altro giorno, e c'eravate tutti", "Sì, la locomotiva sì", "Brath dice che l'hanno costruita vicino alla capitale e che si chiama Elisabeth", "Elisabeth?", "Elisabeth", "Ma figurati...", "È un nome per una donna, Elisabeth", "E allora?", "Che ne so, quella è una locomotiva, mica è una donna", "E poi come mai le locomotive hanno un nome, scusa?" *E in effetti* "Hanno sempre un nome le cose che fanno paura", "Cosa dici?", *E in effetti stava arrivando* "Niente, dicevo per dire", "Hanno un nome perché se qualcuno te la ruba tu puoi dire che era tua", *E in effetti stava arrivando Elisabeth* "Ma chi vuoi che ti rubi una locomotiva?", "Una volta a me hanno rubato il calesse, hanno staccato il cavallo, e si sono portati via solo il calesse", *E in effetti stava arrivando Elisabeth, mostro di ferro* "Certo che bisogna essere ben stupidi per farsi rubare il calesse e non il cavallo", "Io se fossi stato il cavallo mi sarei offeso", *E in effetti stava arrivando Elisabeth, mostro di ferro e di bellezza* "Era un cavallo bellissimo, altroché", "Così bello che nemmeno i ladri...". *E in effetti stava arrivando Elisabeth, mostro di ferro e di bellezza: legata sul ponte di una chiatta, risaliva in silenzio il fiume.*

Muta: questo era stupefacente. E lenta di un movimento non suo.

Presa per mano dall'acqua – qualcuno la butterà infine su due rotaie perché esploda la sua rabbia ai cento all'ora, violentando la pigrizia dell'aria. Un animale, si sarebbe potuto pensare. Una bestia feroce rubata a qualche foresta. Le corde che le segano i pensieri ed i ricordi – una gabbia di corde per farla tacere. La dolce crudeltà del fiume che la porta sempre più lontano – ci sarà alla fine una lontananza che diventerà la sua nuova casa – riaprirà gli occhi e avrà due rotaie davanti per sapere dove scappare – da cosa, questo non lo capirà mai.

Saliva lentamente il fiume, Elisabeth, legata sul ponte di una chiatta. Un gran telone la nascondeva al sole e agli sguardi. Nessuno poteva vederla. Ma tutti sapevano che sarebbe stata bellissima.

... denken, empfänden die Rührung...

TRE

1

– La sua banda ha suonato meravigliosamente, Pekisch, davvero... è stato bellissimo.

– Grazie, signor Rail, grazie... anche il treno era bellissimo, voglio dire, è un'idea magnifica, una grande
idea.

Elisabeth arrivò il primo giorno di giugno trascinata
da otto cavalli su per la strada che dal fiume portava a
Quinnipak: il che, volendo, potrebbe essere preso ad
emblema di una qualche teoria sulla dialettica di passato
e futuro. Volendo. Nella strada principale di Quinnipak
Elisabeth sfilò tra gli sguardi stupiti e in certo modo fieri
della cittadinanza. Per l'occasione Pekisch aveva composto una marcia per banda e campanile che risultò non del
tutto chiara essendo costruita sulla sovrapposizione di
tre temi popolari diversi: *Pascoli aviti*, *Cade la luce* e
Radioso sia il domani.

– Una melodia sola certo non basterebbe, visto l'importanza della cerimonia – aveva spiegato. Il fatto che
nessuno avesse obbiettato niente non deve sorprendere
perché da quando, ormai dodici anni prima, Pekisch
aveva preso in mano la vita musicale della città ci si era

in certo modo rassegnati a essere musicalmente anomali e, in generale, inclini alla genialità. E benché una certa nostalgia serpeggiasse, qua e là, per i vecchi tempi in cui ci si accontentava in simili circostanze del caro vecchio *Trionfin le turbe* (indimenticato inno scritto da Padre Crest, solo in seguito rivelatosi copiato dalla discutibile ballata *Dove vola l'uccelletto*) rimaneva pressoché generale la convinzione che le esibizioni allestite da Pekisch rappresentassero per la città prezioso motivo di orgoglio. Non era un caso, d'altronde, se in occasione di ricorrenze, feste e sagre varie arrivasse perfino gente dalle città vicine per sentire la banda di Quinnipak, partendosene al mattino da posti dove la musica era semplicemente musica e tornandosene la sera con in testa magie di suoni che poi, a casa, si disperdevano nel silenzio della vita qualunque lasciandosi dietro giusto il ricordo di qualcosa di straordinario. Così.

– La sua banda ha suonato meravigliosamente, Pekisch, davvero... è stato bellissimo.

– Grazie, signor Rail, grazie... anche il treno era bellissimo, voglio dire, è un'idea magnifica, una grande idea.

Il treno, cioè Elisabeth, fu sistemato nel grande prato ai piedi della collina di casa Rail, non lontano dalla vetreria. Una più accurata disamina dei costi aveva convinto il signor Rail che provvisoriamente potevano bastare – dovevano bastare – duecento metri di binari: erano venuti a montarli, qualche giorno prima, gli uomini dell'ingegner Bonetti, non senza osservare allegramente che era la più corta via ferrata che avessero mai costruito.

– È un po' come scrivere l'indirizzo su una busta. La lettera la scriveremo poi, e sarà lunga duecento chilometri – spiegò il signor Rail. Il concetto non risultò chiaro a tutti, ma tutti assentirono con molta educazione.

Fu dunque all'inizio di quei duecento metri di binari che posarono Elisabeth, come un bambino in una culla o un proiettile nella canna di una rivoltella. Perché la festa fosse completa il signor Rail diede ordine che si accendesse la caldaia. Nel silenzio più totale i due signori venuti dalla capitale fecero infuocare la gran macchina, e davanti a centinaia di occhi sgranati la piccola ciminiera iniziò a sputare disegni di fumo e sgranare nell'aria i rumori più strani e gli odori di un salvifico piccolo incendio. Vibrava, Elisabeth, come il mondo prima di un temporale, mormorava qualcosa tra sé in una lingua sconosciuta, raccoglieva le forze per chissà quale balzo – sei sicuro che non esploderà? – No, non esploderà – era come se si comprimesse dentro cumuli di odio per poi scatenarli su quei binari silenziosi, o magari era invece voglia, desiderio, e allegrezza – certo era come un lentissimo e prodigioso piegarsi di un gigante impassibile che per scontare chissà quale pena fosse chiamato lì a sollevare una montagna e gettarla nel cielo – è come quando Stitt mette su l'acqua per il tè – sta' zitto Pit – è uguale – la gran pentola che cucina il futuro – e quando alla fine quel fuoco là dentro bruciò tutta l'attesa di quei mille occhi e la macchina parve non poterne più di schiacciarsi nel cuore tutta quella violenza e quella spaventevole forza, allora, proprio allora, dolcissimamente, come uno sguardo, nulla di più, iniziò a scivolare, Elisabeth, come uno sguardo, pianissimo, sull'esattezza vergine dei suoi due binari.

Elisabeth.

Aveva solo duecento metri di binari, davanti a sé, e ben lo sapevano i due uomini venuti dalla capitale che alla guida della gran macchina guardavano davanti a sé misurando metro dopo metro quel che restava per rubare il massimo della velocità a quel minimo di spazio, impegnati in un giochetto che a ben vedere li poteva anche portare alla morte, ma che restava comunque un gioco, speso per lo stupore di tutti quegli occhi che videro Elisabeth prendere a poco a poco velocità, aumentare la sua corsa e sgranare sempre più dietro di sé la bianca scia di fumo rovente, tanto che venne da pensare non ce la faranno più, ha deciso di lanciarsi una volta per sempre e poi mai più, si può suicidare una locomotiva?, non funzionano più i freni te lo dico io, FRENATE MALEDIZIONE, non una piega sul volto del signor Rail, solo gli occhi rapiti sul grande incendio in corsa, le labbra socchiuse di Jun, FRENATE PERDIO, quaranta metri alla fine, non di più, c'è ancora qualcuno che respira?, il silenzio, infine, il silenzio assoluto e dentro il frastuono della gran macchina, solo quel rombare illeggibile, cosa sta per succedere?, possibile che tutto questo debba finire nell'idiozia di una tragedia, possibile che non vogliano saperne di azionare quegli stramaledettissimi freni, quei freni maledetti, possibile che davvero debba succedere, è possibile?, davvero è possibile, possibile, possibile, possibile...

Poi quel che successe parve succedere in un unico nitido istante.

Uno dei signori venuto dalla capitale tirò una fune.

Elisabeth sparò nell'aria un fischio lancinante.

Mi bemolle, pensò automaticamente Pekisch.

L'altro signore venuto dalla capitale tirò bruscamente verso di sé una leva alta come un bambino.

Si inchiodarono le quattro ruote di Elisabeth.

Scivolarono immobili sul ferro arroventato dei binari squarciando l'aria con uno stridìo disumano e infinito.

Immediatamente esplosero, nella vetreria vicina, duecentoquindici calici di cristallo, sessantuno vetri 10x10 già pronti per la ditta Trupper, otto bottiglie con incisioni su soggetto biblico commissionate dalla contessa Durtenham, un paio d'occhiali appartenente al vecchio Andersson, tre lampadari di cristallo rimandati indietro perché fallati dalla Casa Reale, più uno comprato, perché fallato, dalla vedova Abegg.

– Dobbiamo aver sbagliato qualcosa – disse il signor Rail.

– Evidentemente – disse il vecchio Andersson.

– Trenta centimetri – disse uno dei signori venuti dalla capitale scendendo dalla gran macchina.

– Anche meno – disse l'altro signore venuto dalla capitale guardando il mozzicone di binario rimasto prima del prato puro e semplice.

Silenzio.

Poi tutte le grida del mondo, e gli applausi e i cappelli che volano – e tutto un paese che corre a guardare quei trenta centimetri di ferro, anche meno, per guardarli da vicino e dire poi, erano trenta centimetri, anche meno, un niente. Un niente.

La sera, come tutte le sere, venne la sera. Non c'è niente da fare: quella è una cosa che non guarda in faccia nessuno. Succede e basta. Non importa che razza di giorno arriva a spegnere. Magari era stato un giorno eccezionale, ma non cambia nulla. Arriva e lo spegne. Amen. Così anche quella sera, come tutte le sere, venne la sera. Il signor Rail se ne stava sotto la veranda a dondolarsi sulla sua sedia guardando Elisabeth giù nel gran prato, puntata verso il tramonto. Così, da lontano, così, dall'alto, sembrava piccola come non l'aveva mai vista.

– Ha l'aria di essere maledettamente sola – disse Jun.

– Ti piace?

– È strana.

– Strana come?

– Non so, me l'immaginavo più lunga... e più complicata.

– Un giorno magari le faranno più lunghe e più complicate.

– Me l'immaginavo colorata.

– Però è bella, così, color del ferro.

– Quando correrà sotto il sole brillerà come uno specchio e la si potrà vedere da lontano, vero?

– Da molto lontano, come uno specchietto che scivola via in mezzo ai prati.

– E noi la vedremo?

– Certo che la vedremo.

– Voglio dire, non saremo già morti quando finalmente ce la farà a partire?

– Oddio, no. Certo che no. Innanzitutto noi due non moriremo mai, e in secondo luogo checché tu ne dica quei binari che adesso, d'accordo, sono esageratamente corti, ben presto saranno lunghi duecento chilometri, dico duecento, e forse sarà già quest'anno, forse per Natale quei due binari...

– Scherzavo, signor Rail.

– ... mettiamo pure un anno, un anno intero, due, al massimo, e io ti dico che metterò su quei binari un treno di tre, quattro vagoni, e quello partirà e...

– Ho detto che scherzavo...

– No, tu non scherzi, tu credi che io sono matto e che i soldi per far partire questo treno non li troverò mai, ecco quel che credi.

– Io credo che tu sei matto, e che appunto per questo li troverai quei soldi.

– Ti dico che partirà, quel treno.

– Lo so, partirà.

– Partirà e si divorerà a cento all'ora chilometri e chilometri tirandosi dietro decine e decine di persone, e se ne fregherà di colline, fiumi e montagne e senza fare una sola curva, diritto come un colpo sparato da un'enorme pistola, arriverà alla fine, in un batter d'occhio, arriverà trionfalmente a Morivar.

– Dove?

– Eh?

– Dove arriverà quel treno?

– Arriverà... da qualche parte arriverà, in una città magari, arriverà in una città.

– In che città?

– In una città, una città qualunque, andrà sempre dritto e alla fine troverà una città, no?

– In che città arriverà il tuo treno, signor Rail?
Silenzio.

– In che città?

– È un treno, Jun, è solo un treno.

– In che città?

– In una città.
Silenzio.
Silenzio.
Silenzio.

– In che città?

– A Morivar. Quel treno arriverà a Morivar, Jun.

E allora Jun si voltò lentamente e rientrò in casa. Scivolò nel buio delle stanze e sparì. Non si voltò, il signor Rail, se ne rimase a fissare Elisabeth, laggiù, e solo dopo qualche istante disse qualcosa, ma molto piano, come a se stesso, in un filo di voce.

– Amami, Jun.

E basta.

Una cosa che vista da lontano sarebbe parsa uno spicchio qualunque di una vita qualunque. Un uomo sulla sua sedia a dondolo, una donna che si volta, lentamente, e rientra in casa. Un niente. Crepita, la vita, brucia istanti feroci e negli occhi di chi passa anche solo a venti metri da lì non è che un'immagine come un'altra, senza suono e senza storia. Così. Però, a passare, quella volta, c'era Mormy.

Mormy.

Vide suo padre sulla sedia a dondolo e Jun rientrare in casa. Senza suono e senza storia. In una mente qualunque se ne sarebbe strisciata via, quell'immagine, in un istante, sparita per sempre. Nella sua rimase impressa come un'orma, inchiodata, bloccata lì. Era una mente strana, quella di Mormy. Aveva uno strano istinto, forse, per riconoscere la vita anche da lontano. La vita quando vive più forte del normale. La riconosceva. E ne rimaneva come ipnotizzato.

Gli altri vedevano come vedono tutti. Una cosa dopo l'altra. Come un film. Mormy no. Magari gli passavano negli occhi, le cose, in fila, una dopo l'altra, ordinatamente, ma poi ce n'era una che lo rapiva: e lì, lui, si fermava. Nella mente rimaneva quell'immagine. Ferma lì. Le altre correvano via nel nulla. Per lui non esistevano più. Andava, il mondo, e lui, rubato da uno stupore lancinante, rimaneva indietro. Per dire: ogni anno correvano con i cavalli, nella strada di Quinnipak, dalla prima casa di Quinnipak fino all'ultima, saranno stati millecinquecento metri, forse qualcosa di meno, correvano sui cavalli, un po' tutti gli uomini di Quinnipak, ognuno sul suo cavallo, da un estremo all'altro della città, su per la strada principale, che in definitiva era poi l'unica strada vera e propria, correvano per vedere, quell'anno, chi sarebbe arrivato per primo all'ultima casa della città, ogni anno, e ogni anno, ovviamente, c'era uno che alla fine vinceva, e diventava quello che, quell'anno, aveva vinto. Così. E ovviamente ci andavano un po' tutti a vederlo, quel caotico e fragoroso e febbricitante gran rotolare via di cavalli, polvere e grida. E ci andava anche Mormy. Però lui... Lui li guardava partire: vedeva l'istante in cui la massa informe di cavalli e cavalieri si attorcigliava come una rovente molla schiacciata all'inverosimile per poter poi saltare via con tutta la forza possibile, in una calca senza direzioni e senza gerarchie, un grumo di spasimi e corpi e volti e zampe, tutto nel ventre di un polverone che si alzava, carico di grida, nel silenzio totale tutt'intorno, un istante di esasperante nulla prima che il rintocco della campana, su, dal campanile, non liberasse tutto e tutti da quell'ormai opprimente esitazione e rompesse la diga dell'attesa per scatenare la frenetica marea che era la corsa vera e propria. Allora partivano: ma lo sguardo di Mormy rimaneva lì: in quell'istante che era prima di tutto il resto. Si giravano, i mille volti della gente, a seguire la folle volata di uomini e cavalli, ruotavano tutti insieme, quegli sguardi, tutti meno uno: perché il volto di Mormy rimaneva fisso sul punto della partenza, minuscolo strabismo seminato nel collettivo sguardo che se ne andava compatto dietro alla corsa. Il fatto è che negli occhi, e nella mente, e su per i nervi, lui aveva ancora quell'istante là. Continuava a vedere la polvere, le grida, le facce, gli animali, l'odore, l'attesa snervante di quel momento. Che diventava, solo per lui, momento interminabile, quadro posato nel fondo dell'anima, fotografia della mente, e incantesimo, e magia. Così correvano, quelli, fino alla fine, e vinceva il vincitore nel gran clamore di tutti: ma Mormy, tutto questo, non lo vedeva mai. Lui la gara se la perdeva sempre. Inchiodato alla partenza, rapito. Poi magari il gran casino generale lo risvegliava, improvvisamente, e quell'istante di partenza gli si sfarinava negli occhi, lui tornava al mondo e lentamente girava lo sguardo verso il traguardo dove tutti correvano urlando questo e quello, pur di urlare, per il gusto, poi, di aver urlato. Girava lo sguardo lentamente e risaliva sul carro del mondo, con tutti gli altri. Pronto per la prossima fermata.

In realtà era lo stupore a fregarlo. Lui non aveva difese contro la meraviglia. C'erano cose che uno qualunque avrebbe tranquillamente guardato, magari ne sarebbe anche stato un po' colpito, magari si fermava anche un attimo, ma poi era in fondo una cosa come le altre, ordinatamente in fila con le altre. Ma per Mormy, quelle stesse cose erano prodigi, esplodevano come incantesimi, diventavano visioni. Poteva essere la partenza di una corsa di cavalli, ma poteva anche essere semplicemente un improvviso un colpo di vento, la risata sul volto di qualcuno, il bordo d'oro di un piatto, o un niente. O suo padre sulla sedia a dondolo e Jun che lentamente si volta e rientra in casa.

La vita faceva una mossa: e la meraviglia si impadroniva di lui.

Il risultato era che, del mondo, Mormy aveva una percezione, per così dire, intermittente. Una sequela di immagini fisse – meravigliose – e mozziconi di cose perdute, cancellate, mai arrivate fino ai suoi occhi. Una percezione sincopata. Gli altri percepivano il divenire. Lui collezionava immagini che erano e basta.

– È matto Mormy? – chiedevano gli altri ragazzini.

– Solo lui lo sa – rispondeva il signor Rail.

La verità è che si vedono e si sentono e si toccano così tante cose... è come se ci portassimo dentro un vecchio narratore che per tutto il tempo continua a raccontarci una storia mai finita e ricca di mille particolari. Lui racconta, non smette mai, e quella è la vita. Al narratore che stava nelle viscere di Mormy forse si era rotto dentro qualcosa, forse qualche dolore tutto suo gli aveva messo addosso quella specie di stanchezza per cui riusciva a raccontare solo più mozziconi di storie. E tra uno e l'altro, il silenzio. Un narratore sconfitto da chissà quale ferita. Forse l'aveva fregato la porcheria di qualcuno, l'aveva bruciato lo stupore di un tradimento fottuto. O magari era la bellezza di quello che raccontava che l'aveva a poco a poco sopraffatto. La meraviglia gli strozzava le parole in gola. E nei suoi silenzi, che erano ammutoli-

ta emozione, riposavano i buchi neri della mente di Mormy. Chissà.

Ci sono certi che lo chiamano angelo, il narratore
che si portano dentro e che gli racconta la vita. Chissà
com'erano le ali dell'angelo di Mormy.

2

Adagio. Adagio come se stessi camminando su una ragnatela.

Adagio.

Come un tarlo.

Si continuava a chiedere se mai lo avrebbe perdonato.

621. Demoni. Angeli andati a male. Però bellissimi.

Il muschio. Ecco: il muschio.

Comunque non sarebbe successo se uscendo non fosse passato proprio davanti a quello specchio, così che dovette fermarsi e tornare indietro, per mettersi davanti allo specchio, immobile. E guardarsi.

... su per le labbra di Jun...

Era proprio di sera. Il sole, basso sulle colline, coricava le ombre a dismisura. E si mise a piovere, così, d'improvviso. Magia.

Gli scese giù l'angoscia nell'anima come un sorso di acquavite giù per la gola... impazzì tutto d'un fiato... non come quelli che lo fanno un po' per volta...

Lascia che bruci, quella candela, non spegnerla, per favore. Se mi vuoi bene non spegnerla.

Il signor Rail è partito. Il signor Rail tornerà.

Si ricordava tutto ma non il nome. Si ricordava anche il profumo che aveva. Ma il nome no.

... che se a uno glielo chiedessero, di che colore è il cristallo, questo vaso di cristallo ad esempio, di che colore è, e lui dovesse proprio rispondere, rispondere con il nome di un colore...

Ma quella era l'ultima frase del libro.

Una lettera che uno aspetta da anni e poi un giorno arriva.

E poi alla fine posare la testa sul cuscino per...

Corre, Pit, pieno di lacrime, corre a perdifiato, il ragazzino, gridando "Il vecchio Andersson, il vecchio Andersson...", grida e corre, pieno di lacrime.

Quando ti alzi e tutto il mondo è ghiacciato, e tutti gli
alberi del mondo ghiacciati, e tutti i rami di tutti gli alberi del mondo ghiacciati.

Milioni di aghi di ghiaccio che filano la gelida coperta sotto cui poi...

L'ho sentito benissimo. Era un grido, quello.

– Al limite si potrebbe anche accorciarla un po', quella giacca. Se è solo una questione di qualche centimetro, si potrebbero fare due aggiustature...

– Non si accorcia un bel niente. Non si bara con il destino.

Pekisch e la vedova Abegg, seduti sulla veranda, uno di fronte all'altra.

Accadevano cose orrende, alle volte. Per dire, una volta Yelger se ne scese giù al suo campo gustandosi l'aria gelida del mattino, non aveva fatto proprio niente di male, era un uomo giusto, si può ben dire che era un uomo giusto, come lo era stato suo padre, il vecchio Gurrel, quello che la sera raccontava le storie davanti a tutti, la più bella era quella in cui un uomo si perdeva nella sua casa, cercava l'uscita per giorni, non la trovava, andava avanti così per giorni, poi alla fine prendeva il fucile sotto il braccio...

Preg.mo Sig. Rail,
mi corre l'obbligo di confermarLe quanto già documentato-
Le nella nostra ultima lettera. I costi relativi alla realizza-
zione della via ferrata non possono in nessun modo essere
ridotti oltre la misura già da noi applicata. Ciò non di meno
l'ing. Bonetti si chiede se non fosse possibile, in una prima
fase, pensare alla realizzazione di...

Nevicò. Su tutto il mondo e su Pekisch. Un suono bellissimo.

– Al limite si potrebbe anche allungarla un po', quella giacca. Giusto qualche centimetro, così, di nascosto...
– Non si allunga un bel niente. Non si bara con il destino.
Pehnt e Pekisch, in piedi, sulla collina, a guardare più lontano che si può.

– Eh no, questo non me lo devi fare, Andersson.
Se ne sta lì, il vecchio Andersson, sdraiato, con gli occhi chiari fissi al soffitto e il cuore dentro, a darsele di santa ragione con la morte.
– Non te ne puoi andare così, Cristo, non c'è una sola ragione perché tu te ne debba andare così, cosa credi, che solo perché sei vecchio puoi andartene e lasciarmi qui, addio a tutti e via, non è così semplice, caro Anders-

son, no, prendiamola come una prova generale, okay, hai voluto provare? e va bene, ma adesso basta, adesso tutto torna come prima e se ne riparlerà poi, faremo poi tutte le cose per bene un'altra volta, adesso basta, vieni via da lì, Andersson... che ci faccio poi io qui... io qui da solo, maledizione... tieni duro ancora un po', ti prego... qui non muore nessuno, hai capito?, qui a casa mia non muore nessuno... qui.

Se ne sta lì, il vecchio Andersson, sdraiato con gli occhi chiari fissi al soffitto e il cuore, dentro, a darsele di santa ragione con la morte.

– Senti, facciamo un patto... se te ne vuoi andare, e va bene, te ne andrai, ma non adesso, te ne potrai andare solo il giorno che il mio treno partirà... allora potrai fare quel che vuoi, ma prima no... promettimelo, Andersson, promettimi che non morirai prima che il mio treno sia partito.

Parla con un filo di voce, il vecchio Andersson.

– Lo vuoi un consiglio, signor Rail? Sbrigati a farlo partire quel benedetto treno.

Certo che lui l'amava. Se no, perché l'avrebbe uccisa? E in quel modo, poi.

Jun che corre giù per il sentiero, a perdifiato. Si ferma alla fine, appoggiandosi alla staccionata. Guarda la strada, vede una piccola nube di polvere che si avvicina. I capelli scarmigliati, la pelle lucida, dentro i vestiti il corpo accaldato, la bocca aperta, il fiatone. Poter essere così vicini da sentire l'odore del corpo di Jun.

1016. *Balena. Il più grande pesce del mondo (però se lo sono inventato i marinai del nord) (quasi sicuramente).*

– Son finito qui perché è successo così. Non c'è nessun'altra ragione. Son finito qui come un bottone in un'asola, e ci son rimasto. Qualcuno, da qualche parte si sarà alzato, al mattino, si sarà infilato i pantaloni, poi si è infilato la camicia, ha iniziato ad abbottonarla: un bottone, poi il secondo, poi il terzo, poi il quarto e il quarto ero io. È così che sono finito qui.

Pekisch ha preso il vecchio guardaroba della vedova Abegg, gli ha tolto le porte, l'ha disteso per terra, ha preso sette corde di budello uguali, ne ha inchiodato un capo a un'estremità del mobile e le ha tese fino all'altra estremità dove le ha fissate a delle piccole carrucole. Fa girare le carrucole e modifica di millimetri la tensione delle corde. Le corde sono sottili, quando Pekisch le fa vibrare emettono una nota. Passa le ore a girare di un niente quelle carrucole. Nessuno sente una differenza tra una corda e l'altra: sembra sempre che suonino la stessa nota. Ma lui muove le carrucole e sente decine di note diverse. Sono note invisibili: si nascondono tra quelle che tutti possono sentire. Passa le ore, lui, a inseguirle. Forse un giorno ne impazzirà?

Il primo lunedì di ogni mese scendevano in quattro o cinque fin al gran pratone e si mettevano a lavare Elisabeth. Le toglievano di dosso lo sporco e il tempo.

– Non disimparerà a correre a furia di starsene qui ferma?

– Le locomotive hanno una memoria di ferro. Come tutto il resto, d'altronde. Al momento buono si ricorderà tutto. Tutto.

Quando era scoppiata la guerra, da Quinnipak andarono a combatterla in ventidue. Tornò vivo solo Mendel. Si chiuse in casa e tacque per tre anni. Poi tornò a parlare. Le vedove, i padri e le madri dei caduti iniziarono ad andare da lui per sapere che ne era stato dei loro mariti e dei loro figli. Mendel era un uomo ordinato. "In ordine alfabetico" disse. E per prima, una sera, andò da lui la vedova di Adlet. Mendel chiudeva gli occhi e iniziava a raccontare. Raccontava come erano morti. La vedova di Adlet tornò la sera dopo, e quella dopo ancora. E così per settimane. Mendel raccontava tutto, ricordava tutto, e molto sapeva immaginare. Ogni morte era un lungo poema. Dopo un mese e mezzo toccò ai genitori di Chrinnemy. E così via. Erano passati sei anni da quando Mendel era tornato. Tutte le sere, adesso, andava da lui il padre di Oster. Oster era un giovanottone biondo che piaceva alle donne. Stava fuggendo e gridando di terrore quando la pallottola gli entrò nella schiena e gli spappolò il cuore.

1221. Correzione al 1016. Le balene ci sono per davvero e i marinai del nord sono persone per bene.

Mormy cresceva e gli occhi delle servette di casa Rail lo guardavano col desiderio che gli frullava dentro. Anche Jun lo guardava e sempre più pensava: "Quella donna doveva essere bellissima". Faceva per lui tutto quello che avrebbe fatto per lui una madre. Ma non pensava mai di poterlo diventare veramente. Lei era Jun, e basta. Un giorno se ne stava lì a strofinargli la schiena, inginocchiata accanto alla tinozza piena di acqua bollente. A lui non piaceva l'acqua bollente ma gli piaceva che Jun fosse lì. Stava immobile, nell'acqua. Jun lasciò cadere il panno insaponato e passò la sua mano su quella pelle color bronzo. Cos'era quello? Un ragazzino o un uomo? E che cos'era per lei? Gli accarezzò le spalle, "una volta io avevo una pelle così – pensò – una pelle come se nessuno mai l'avesse toccata". Mormy se ne rimaneva immobile, con gli occhi spalancati. La mano di Jun salì lentamente fino al suo viso, sfiorò le sue labbra e lì si fermò, per un attimo, nella più piccola carezza del mondo. Poi si abbassò improvvisamente, raccattò nell'acqua il panno insaponato e lo mise in mano a Mormy. Jun avvicinò il suo volto a quello di Mormy.

– Usatelo da te, questo, okay? D'ora in poi è meglio che te lo usi da te.

Si alzò, Jun, e se ne andò verso la porta. Fu in quel momento che Mormy disse una delle trenta parole di quell'anno.

– No.

Jun si voltò. Lo guardò fisso negli occhi.

– Sì.

E se ne andò,

La banda di Pekisch provava ogni martedì sera. L'umanofono provava il venerdì. Il martedì provava la banda. Così.

Essendo morto Rol Fergusson, l'Emporio Fergusson e Figli si chiamerà d'ora in poi Emporio Figli Fergusson.

– Cos'era quel barrito, Sal?

– Era un do, Pekisch.

– Ah, era un do quello?

– Qualcosa del genere.

– Quella è una tromba, Sal, non un elefante.

– Cos'è un elefante?

– Te lo spiego poi, Gasse.

– Ehi, avete sentito, Gasse non sa nemmeno cos'è un elefante...

– Silenzio, per favore...

– È un albero, Gasse, un albero che sta in Africa.

– Che ne so io, non ci sono stato in Africa...

– Vogliamo suonare o fare un dibattito sulla flora e la fauna africane?

– Aspetta, Pekisch, mi si incastra sempre questo maledetto tasto...

– Ehi, chi è quel fottutissimo che si è fregato il mio bicchiere...

– Senti, ti vuoi spostare un po' più indietro con quella grancassa, mi suona nella testa, non ci capisco più niente.

– ... l'avevo posato, qui, mi ricordo benissimo, non mi fate fesso...

– Silenzio, si riparte dalla battuta ventidue...

– ... be', sappiate che ci avevo pisciato dentro, a quel bicchiere, capito? Ci avevo pisciato dentro...

– MALEDIZIONE! LA VOGLIAMO FINIRE CON TUTTE QUESTE IDIOZIE?

Dato che era martedì, a provare era la banda. L'umanofono provava il venerdì. Il martedì, invece, la banda. Così.

Venne un medico e disse

– Ha il cuore a pezzi. Potrebbe vivere un'ora o un anno, nessuno può saperlo.

Poteva morire fra un'ora o fra un anno, il vecchio Andersson, e lo sapeva.

Pehnt iniziò a pettinarsi e la vedova Abegg ne dedusse, con scientifica esattezza, che si era innamorato di Britt Ruwett, figlia del pastore Ruwett e di sua moglie Isadora. Era chiaro che si imponeva un discorsetto. Prese da parte Pehnt, mise su il tono vagamente militare delle grandi occasioni e gli raccontò degli uomini, delle donne, dei bambini e tutto il resto. Ci mise non più di cinque minuti.

– Domande?

– È tutto incredibile.

– È incredibile però funziona.

S'era innamorato, Pehnt.

Pekisch gli regalò un pettine.

Vedi com'è strana la vita alle volte. Ha lasciato un testamento, il signor Rol Fergusson dell'Emporio Fergusson e Figli, ora Emporio Figli Fergusson. C'è scritto che lascia tutto a tal Betty Pun, piacente signorina nubile di Prinquik. Adesso l'Emporio si chiama Emporio Betty Pun.

Jun apre un armadio e tira fuori un pacco. Dentro c'è un libro, tutto scritto con una calligrafia minuta, inchiostro blu. Non lo legge, lo apre appena, poi rifà il pacco, lo mette nell'armadio e ritorna a vivere.

Un letto, quattro camicie, un cappello grigio, le scarpe con le stringhe, il ritratto di una signora bruna, un pezzo di Bibbia rilegato in nero, una busta con dentro tre lettere, un coltello infilato in una fodera di cuoio.

Non possedeva altro, Katek, quando lo trovarono impiccato nella propria stanza, nudo come un verme. Ora, si impone ovviamente la domanda: perché quattro? Cosa se ne faceva uno come lui di quattro camicie?

Dondolava ancora, quando lo trovarono.

Gent. ing. Bonetti,
come avrà potuto constatare non mi è stato possibile inviarLe l'anticipo che Lei ritiene, non a torto, indispensabile per mandare qui i Suoi uomini ad iniziare la costruzione della mia linea ferroviaria.

Purtroppo le ultime tassazioni sul carbone decretate dal nuovo governo...

Vedi com'è strana la vita alle volte. La signora Adelaide Fergusson, moglie del fu Rol Fergusson dell'Emporio Fergusson e Figli, poi diventato Emporio Figli Fergusson ed ora stabilmente Emporio Betty Pun, è morta di crepacuore dopo soli ventitré giorni passati a vedere ogni mattina Betty Pun, compressa in un reggipetto da far girar la testa, arrivare e aprire l'emporio che per anni era stato suo. Resistette ventitré giorni. Era stata una moglie devota e irreprensibile. Morì con la bava alla bocca, di notte, pronunciando una sola, esatta, parola: "Bastardo".

1901. Sesso. PRIMA togliersi gli stivali, DOPO i pantaloni.

Il vecchio Andersson aveva sempre vissuto in due stanze, al pianterreno della fabbrica. E lì, adagio moriva. Non c'era stato verso di portarlo su, nella casa grande. Se ne era voluto rimanere laggiù, con addosso il rumore delle fornaci e mille altre cose che sapeva lui. Il signor Rail andava ogni giorno a trovarlo, quando cadeva la luce. Entrava e diceva, sempre:

– Salve, sono quello a cui hai promesso di non morire.

E il vecchio Andersson, sempre, rispondeva:

– Che promessa delle balle.

Sempre, tranne quel giorno, che non rispose nulla. Neppure aprì gli occhi.

– Ehi, vecchio Andersson, sono io, svegliati... non fare questi stupidi scherzi, sono io...

Andersson aprì gli occhi.

– Tieni, ti ho portato a vedere questi... sono i calici per il conte Rigkert, li abbiamo bordati di turchese, adesso tutto il mondo li vuole così, qualche stupida contessa li avrà sfoggiati in chissà quale idiota ricevimento della capitale e così adesso bisogna metterci il turchese...

Andersson non muoveva gli occhi dal soffitto.

– ... sai, adesso ce l'hanno tutti con i cristalli dell'est, che non ce ne sono di migliori, e bisogna vedere che finezza di lavorazione, tutte storie così... e così non è che le cose vadano benissimo, forse bisognerebbe inventare qualcosa, ci vorresti tu, Andersson... bisognerebbe inventare qualcosa di geniale, una trovata, qualcosa... se no mi sa che dovrai aspettare ancora un bel po' prima che io riesca a far partire 'sto treno, se vuoi morire bisogna che ti dai da fare, insomma... cioè, volevo dire... ti piacciono così turchesi? eh, Andersson? non sono orrendi?, di' la verità...

Il vecchio Andersson lo guardò.

– Ascoltami, Dann...

Il signor Rail ammutolì.

– ... ascoltami.

Vedi com'è strana alle volte la vita. I due figli di Rol e Adelaide Fergusson seppellirono la madre che era un martedì. Giovedì entrarono, la sera, in casa di Betty Pun, la violentarono prima uno poi l'altro e quindi le spaccarono il cranio con il manico del fucile. Aveva dei bellissimi capelli biondi, Betty Pun. Fu un peccato tutto quel sangue. Venerdì l'Emporio omonimo rimase chiuso.

Nella stanza più a sinistra, al primo piano, Pekisch metteva la signora Paer a cantare *Dolci acque*. Nella stanza più a destra, al primo piano, metteva la signora Dodds a cantare *I tempi del falco son passati*. Tutt'e due stavano in piedi, davanti alla finestra chiusa che dava sulla strada. Pekisch, in mezzo al corridoio, dava loro l'attacco percuotendo il pavimento per quattro volte. Alla quarta, a tempo, partivano a cantare. Giù in strada stava il pubblico. Una trentina di persone, ognuna con la sua sedia portata da casa. La signora Paer e la signora Dodds, come due quadri incorniciati dalla finestra, cantavano per otto minuti circa.

Terminavano perfettamente insieme, la prima su un sol, la seconda su un la bemolle. Giù, in strada, arrivava un canto che sembrava venire da lontanissimo e che faceva pensare a una voce che si fosse accartocciata su se stessa come un insetto insidiato. Pekisch aveva intitolato tutto questo *Silenzio*. Segretamente, l'aveva dedicato alla vedova Abegg. Lei non lo sapeva.

2389. Rivoluzione. Scoppia come una bomba, la soffocano come un grido. Eroi e bagni di sangue. Lontano da qui.

"Se solo avessi gli occhi per poter guardare da lontano – da veramente lontano – la vedova Abegg mentre scende in cucina la mattina e mette su il bricco del caffè, allora forse potrei pensare 'là sarei felice' ". Ogni tanto aveva dei pensieri strani, la vedova Abegg.

– Ascoltami... tu ce l'hai un'idea di dove andrai a finire?

– A finire?

– Voglio dire... perché fai tutto quello... e cosa succederà dopo...

– Dopo cosa?

Richiuse gli occhi, il vecchio Andersson. Aveva addosso una stanchezza bastarda, una stanchezza.

– Sai una cosa, Dann?, alla fine quando tutto sarà finito non ci sarà nessuno da queste parti che avrà messo insieme tante puttanate come te.

– Non finirà niente, Andersson.

– Oh sì che finirà... e tu te ne starai lì, con una sfilza di errori addosso che nemmeno te l'immagini...

– Cosa dici, Andersson?

– Dico.... vorrei dirti.... non smetterla mai.

Alzò la testa, il vecchio Andersson, voleva parlare che si capisse bene, tutto, proprio bene.

– Tu non sei come gli altri, Dann, tu fai delle cose, tante cose, e ne immagini ancora delle altre ed è come se non ti bastasse una vita sola per farcele stare tutte. Io non so... a me la vita sembrava già così difficile... sembrava già un'impresa viverla e basta. Ma tu... tu sembra che devi vincerla, la vita, come se fosse una sfida... sembra che devi stravincerla... una cosa del genere. Una roba strana. È un po' come fare tante bocce di cristallo... e grandi... prima o poi te ne scoppia qualcuna... e a te chissà quante te ne sono già scoppiate, e quante te ne scoppieranno....... Però...

Non è proprio che riuscisse a parlare, il vecchio Andersson, gli riusciva giusto di mormorare. Ogni tanto qualche parola spariva, ma c'era, da qualche parte c'era, e il signor Rail sapeva dove.

– Però quando la gente ti dirà che hai sbagliato... e avrai errori dappertutto dietro la schiena, fottitene. Ricordatene. Devi fottertene. Tutte le bocce di cristallo che avrai rotto erano solo vita... non sono quelli gli errori... quella è vita.... e la vita vera magari è proprio quella che si spacca, quella vita su cento che alla fine si spacca........ io questo l'ho capito, che il mondo è pieno di gente che gira con in tasca le sue piccole biglie di vetro... le sue piccole tristi biglie infrangibili... e allora tu non smetterla mai di soffiare nelle tue sfere di cristallo... sono belle, a me è piaciuto guardarle, per tutto il tempo che ti sono stato vicino... ci si vede dentro tanta di quella roba... è una cosa che ti mette l'allegria addosso... non smetterla mai... e se un giorno scoppieranno anche quella sarà vita, a modo suo... meravigliosa vita.

Il signor Rail aveva due calici di cristallo in mano. Orlo turchese. La moda di allora. Non disse nulla. Taceva anche il vecchio Andersson. Se ne rimasero lì, a parlarsi in silenzio, per un tempo infinito. Era ormai buio pesto e non ci si vedeva più nulla quando la voce di Andersson disse

– Addio, signor Rail.

Un buio nero, da non vederci a bestemmiare.

– Addio, Andersson.

Il vecchio Andersson morì con il cuore spaccato, quella notte stessa, mormorando una sola, esatta, parola: "Merda".

con il cuore spaccato, quella notte stessa, mormorando una sola, esatta, parola: "Merda".

quella notte stessa, mormorando una sola, esatta, parola: "Merda".

mormorando una sola, esatta, parola: "Merda".

una sola, esatta, parola.

una sola.

E tuttavia,

se ad esempio si potesse nello stesso istante, proprio nello stesso istante, contemporaneamente – se si potesse stringere un ramo ghiacciato nella mano, bere un sorso di acquavite, veder volare un tarlo, toccare del muschio, baciare le labbra di Jun, aprire una lettera aspettata da anni, guardarsi allo specchio, posare la testa sul cuscino, ricordare un nome dimenticato, leggere l'ultima frase di un libro, sentire un grido, toccare una ragnatela, accorgersi che qualcuno ti chiama, farsi scappare dalle mani un vaso di cristallo, tirarsi le coperte fin sopra la testa, perdonare qualcuno mai perdonato...

Così. Perché forse era scritto che dovessero passare tutte quelle cose, in processione, prima che arrivasse quell'uomo. Una in fila all'altra, ma anche un po' una dentro l'altra. Stipate nella vita. Un viaggio del signor Rail, l'estate più calda degli ultimi cinquant'anni, le prove della banda, il libriccino viola di Pehnt, quei morti, Elisabeth immobile, la bellezza di Mormy, il primo amore di Pehnt, parole a miliardi, l'ultimo respiro del vecchio Andersson, Elisabeth sempre là, le carezze di Jun, quelli che nacquero, i giorni uno dopo l'altro, ottocento calici di cristallo di tutte le forme, centinaia di martedì con l'umanofono, i capelli bianchi della vedova Abegg, le lacrime vere e quelle false, un altro viaggio del signor Rail, la prima volta che Pekisch diventò il vecchio Pekisch, venti metri di binari muti, gli anni uno dopo l'altro, la voglia di Jun, Mormy nel fienile con le mani di Stitt addosso, le lettere dell'ing. Bonetti, la terra che si spaccava dalla sete, la ridicola morte di Ticktel, Pekisch e Pehnt, Pehnt e Pekisch, la nostalgia di come parlava Andersson, l'odio scivolato a tradimento nella testa, la giacca sempre più giusta, ritrovare Jun, la storia di Morivar, i mille suoni di una banda sola, piccoli miracoli, aspettare che passi, ricordarsi di quando si fermò per un nulla prima di finire fuori dai binari, le debolezze e le vendette, gli occhi del signor Rail, gli occhi di Pehnt, gli occhi di Mormy, gli occhi della vedova Abegg, gli occhi di Pekisch, gli occhi del vecchio Andersson, le labbra di Jun. Un sacco di roba. Come una lunga attesa. Sembrava che non dovesse più finire. E forse non sarebbe mai finita se alla fine non fosse arrivato quell'uomo.

Elegante, i capelli disordinati, una grande cartella di cuoio marrone. In piedi sulla soglia di casa Rail, con in mano un ritaglio di un vecchio giornale. Se lo avvicina agli occhi, ci legge qualcosa, prima di dire, con una voce che sembra lontana

– Cerco il signor Rail... il signor Rail delle Vetrerie Rail.

– Sono io.

Si mette in tasca il ritaglio di giornale. Posa la cartella per terra. Guarda il signor Rail, ma non negli occhi.

– Io mi chiamo Hector Horeau.

3

In un certo senso tutto era iniziato undici anni prima, il giorno in cui Hector Horeau – che nella circostanza aveva undici anni di meno – sfogliando una gazzetta parigina non poté fare a meno di notare il singolare testo della pubblicità a cui la ditta Duprat e C. affidava le sorti commerciali dell'*Essence d'Amazilly, odorante et antiseptique, Hygiène de toilette.*

"Oltre agli incomparabili vantaggi che offre alle signore, questa essenza possiede anche effetti igienici, atti a guadagnare la fiducia di tutte coloro che abbiano la compiacenza di lasciarsi convincere dalla sua azione terapeutica. Benché, infatti, la nostra acqua non abbia il potere di cancellare, come la fontana della giovinezza, il numero degli anni, essa ha però fra gli altri meriti quello – che secondo noi non va sottovalutato – di ripristinare nell'intatto splendore della passata magnificenza quell'organo perfetto, capolavoro del Creatore, che per l'eleganza, la purezza e la grazia delle sue forme costituisce il meraviglioso ornamento della metà più bella dell'umanità. Senza l'auspicato intervento della nostra scoperta, questo ornamento, tanto prezioso quanto delicato e simile per la grazia fragile delle sue forme segrete ad un fiore delicato che appassisce alla prima tempesta, reste- rebbe solo una fugace apparizione dello splendore, desti- nata, una volta trascorsa, a spegnersi sotto l'alito malefi- co della malattia, delle faticose esigenze dell'allattamen- to o della stretta funesta del busto crudele. La nostra es- senza d'Amazilly, ideata nell'interesse esclusivo delle si- gnore, risponde alle esigenze più pressanti e intime della loro toilette."

Hector Horeau pensava, senza mezzi termini, che quella era letteratura. La perfezione di quel testo lo sconcertava. Studiava la precisione degli incisi, l'imper- cettibile concatenarsi delle relative, il dosaggio raffinatis- simo degli aggettivi. *"La stretta funesta del busto crudele"*: lì si arrivava a sfiorare la poesia. Soprattutto lo incantava quella magica capacità di scrivere righe e righe su qual- cosa di cui però si taceva il nome. Una minuta cattedrale sintattica costruita su un nocciolo di pudore. Geniale.

Non aveva letto molto, nella sua vita, Hector Hore- au. Ma mai aveva letto qualcosa di più perfetto. E dun- que si mise diligentemente a ritagliare quel rettangolino di carta affinché sfuggisse al destino, giustamente riser- vato a certa carta stampata, di sparire nell'oblio del gior- no dopo. Ritagliava. E fu lì che per un imponderabile gioco di fortuite sovrapposizioni e casuali limitrofie l'oc- chio gli cadde su un titoletto che annunciava, si sarebbe detto a bassa voce, un evento effettivamente non proprio memorabile.

Importante passo avanti dell'industria del vetro.
E, più in piccolo:
Rivoluzionario brevetto.

Hector Horeau posò le forbici e si mise a leggere. Non erano che poche righe. Dicevano che le premiate Vetrerie Rail, già note per la loro raffinata produzione di cristallerie da cerimonia, avevano messo a punto un nuo- vo sistema di lavorazione capace di produrre lastre di ve- tro sottilissime (3 mm) della grandezza di un metro quadrato abbondante. Il sistema era stato brevettato con il nome di *"Brevetto Andersson delle Vetrerie Rail"*, ed era a disposizione di tutti coloro che ne fossero, per una qualsiasi ragione, interessati.

Era da presumere che di persone del genere non ce ne fossero poi tante. Ma Hector Horeau era una di quelle. Faceva l'architetto e da sempre coltivava un'idea molto precisa: il mondo sarebbe risultato senz'altro migliore se si fosse iniziato a costruire case e palazzi non in pietra, non in mattoni, non in marmo: ma in vetro. Perseguiva tenacemente l'ipotesi di città trasparenti. La sera, nel silenzio del suo studiolo, sentiva distintamente il suono della pioggia sulle grandi arcate di vetro che avrebbero dovuto coprire i grandi *boulevards* parigini. Se chiudeva gli occhi riusciva a sentirne i rumori, a intuirne gli odori. Sui mille fogli che giravano per casa sua, schizzi e accurati progetti aspettavano la propria ora mettendo sotto vetro le più diverse porzioni di città: stazioni ferroviarie, mercati, strade, edifici pubblici, cattedrali... Accanto ad essi si ammucchiavano i calcoli con cui Hector Horeau cercava di tradurre l'utopia in realtà: operazioni esageratamente complicate che in definitiva confermavano la tesi di fondo di uno dei testi che lui riteneva tra i più significativi usciti negli ultimi anni: Arthur Viel, *Sull'impotenza delle matematiche ad assicurare la stabilità delle costruzioni*, Parigi 1805. Un testo che altri non avevano ritenuto nemmeno degno di confutazione.

Se c'era dunque un uomo a cui la notiziola proveniente dalle Vetrerie Rail poteva interessare, quello era Hector Horeau. Tanto che riprese in mano le forbici, ritagliò il trafiletto pensando che la mancanza di qualsiasi annotazione sull'indirizzo della Ditta Rail confermava una volta di più l'inutilità delle gazzette, e uscì precipitosamente di casa per recuperare qualche informazione in più.

Il destino dà appuntamenti strani. Non aveva fatto

dieci metri, Hector Horeau, che vide il mondo ondulare impercettibilmente. Si fermò. Un altro avrebbe pensato al terremoto. Lui pensò che era di nuovo quello stramaledetto dèmone che gli giocava nella testa, nei momenti più impensati, inspiegabile canaglia, fottuto fantasma che senza avvertire, tutt'a un tratto gli lordava l'anima con quel tanfo di morte, subdolo nemico bastardo che lo rendeva ridicolo al mondo e a se stesso. Ebbe il tempo di pensare se ce l'avrebbe fatta a raggiungere di nuovo casa sua. Poi crollò a terra.

Quando rinvenne era sdraiato su un canapè di un negozio di tessuti (*Pierre e Annette Gallard, dal 1804*), circondato da quattro facce che lo osservavano. La prima era di Pierre Gallard. La seconda di Annette Gallard. La terza di un cliente rimasto anonimo. La quarta di una commessa di nome Monique Bray. Fu in quella – precisamente in quella – che lo sguardo di Hector Horeau si incagliò, e più in generale tutta la sua vita si incagliò, e più in generale ancora il suo destino si incagliò. Non era poi una faccia bellissima, come lo stesso Hector Horeau non ebbe mai difficoltà ad ammettere negli anni seguenti. Ma ci sono navi che si sono incagliate nei posti più assurdi. Una vita si può ben incagliare in una faccia qualunque.

La commessa che si chiamava Monique Bray si offrì di accompagnare Horeau a casa. Lui, meccanicamente, accettò. Uscirono insieme dal negozio. Non lo sapevano, ma stavano, simultaneamente, entrando in otto anni di tragedie, strazianti felicità, ripicche crudeli, pazienti vendette, silenti disperazioni. Insomma, stavano per fidanzarsi.

La storia di tale fidanzamento – che poi riassume la storia del progressivo spappolamento della vita interiore e psichica di Hector Horeau, con conseguente trionfo di quel dèmone a cui se ne doveva l'inizio – ebbe svariati episodi degni di menzione. La sua prima conseguenza diretta, comunque, restò quella di far giacere nella tasca dell'architetto il ritaglio relativo al *"Brevetto Andersson delle Vetrerie Rail"*: rinviando all'infinito ogni ulteriore indagine al riguardo. Il biglietto fu riposto in un cassetto, dove ebbe modo di riposare per anni. Più propriamente: di covare sotto la cenere.

In otto anni – tanti ne durò la storia con Monique Bray – Hector Horeau firmò tre costruzioni: una villa in Scozia (in muratura), una stazione di posta a Parigi (in muratura) e una fattoria modello in Bretagna (in muratura). Nello stesso arco di anni egli propose centododici progetti di cui novantotto consacrati all'ideale dell'architettura in vetro. Non c'era praticamente gara d'appalto a cui non partecipasse. Regolarmente le giurie rimanevano colpite dall'assoluta genialità delle sue proposte, lo menzionavano con onore e lode, e assegnavano il lavoro a più pragmatici architetti. Benché non ci fosse praticamente nulla di suo, in giro, da ammirare, la sua fama incominciò a circolare con insistenza negli ambienti che contavano. Lui rispondeva a quell'ambiguo successo moltiplicando le proposte e i progetti, in una progressiva spirale di abnegazione al lavoro a cui non era estranea l'ansia di trovare delle zattere su cui salvarsi dalle maree del suo fidanzamento, e in generale dai fortunali psichici e morali che la signorina Monique Bray aveva la consuetudine di riservargli. Paradossalmente, più la sua salute veniva spolpata dalla suddetta signorina più i suoi progetti inseguivano gigantismi proibitivi. Aveva appena finito di mettere a punto la sua proposta per un monumento a Napoleone dell'altezza di trenta metri con percorsi interni e punti panoramici sull'enorme corona di alloro posata sulla testa, quando lei gli comunicò, per la terza e non ultima volta, che lo abbandonava annullando le pratiche di matrimonio già avviate. Così come, non a caso, fu l'efferato episodio in seguito al quale la signorina Monique Bray finì all'ospedale con una ferita profonda al capo che interruppe il suo lavoro, già in fase avanzata, riguardante un tunnel sotto la Manica dotato di rivoluzionario sistema di aerazione e illuminazione ottenuto mediante torri di vetro ancorate al fondo marino e trionfalmente galleggianti sulla superficie del mare, *"come grandi fiaccole del progresso"*. Procedeva, la sua vita, come una forbice in cui la genialità del lavoro e l'emozionante miseria della vita costituivano le due affilate lame, sempre più divaricate. Brillavano, in modo accecante, sotto il raggio di una silenziosa malattia.

La forbice si chiuse, improvvisamente, con scatto secco e perentorio, un lunedì di agosto. Quel giorno, alle 17 e 22, la signora Monique Bray Horeau si buttò addosso al treno che, sei minuti prima, era partito dalla Gare de Lyon diretto al sud. Il treno non ebbe nemmeno il tempo di frenare. Ciò che rimase della signora Horeau, oltre a non rendere giustizia alla sua, pur poco appariscente, bellezza, diede non pochi problemi all'Agenzia di Pompe Funebri *"La Celeste"* cui spettò il delicato compito di ricomporre il cadavere.

Hector Horeau reagì alla tragedia con grande coerenza. L'indomani, alle 11 e 5 del mattino corse incontro al treno che sei minuti prima era partito dalla Gare de Lyon diretto al sud. Il treno, però, fece in tempo a frenare. Hector Horeau si trovò in piedi, ansimante, di fronte all'impassibile muso di una locomotiva nera. Fermi, tutt'e due. E muti. Non avevano d'altronde granché da dirsi.

Quando la voce del tentato suicidio di Hector Horeau si sparse negli ambienti parigini a lui vicini, la costernazione fu solo pari alla consapevolezza, generale, che qualcosa del genere prima o poi doveva succedere. Per alcuni giorni Hector Horeau fu blandito da lettere, inviti, saggi consigli e volonterose proposte di lavoro. Tutto ciò lo lasciò completamente indifferente. Se ne stava chiuso nel suo studio ordinando maniacalmente i suoi disegni e ritagliando articoli di vecchie gazzette che poi catalogava in ordine alfabetico secondo l'argomento. L'assoluta stupidità delle due cose lo tranquillizzava. Il solo pensiero di uscire di casa ridestava il suo dèmone personale: gli bastava guardare fuori dalla finestra per ricominciare a sentire il mondo ondeggiare e fiutare quel tanfo di morte che di solito precedeva i suoi immotivati svenimenti. Era lucidamente consapevole di avere l'anima lisa come una ragnatela abbandonata. Uno sguardo – anche solo uno sguardo – l'avrebbe potuta squarciare per sempre. Così, quando un suo ricco amico di nome Laglandière gli fece l'assurda proposta di un viaggio in Egitto, lui accettò. Gli parve un buon sistema per squarciarla definitivamente. In fondo, era solo un altro modo di correre incontro a un treno in corsa.

Non funzionò, comunque, nemmeno quello. Hector Horeau si imbarcò il mattino di un giorno di aprile sulla nave che in otto giorni portava da Marsiglia ad Alessandria: ma il suo dèmone personale, inaspettatamente, rimase a Parigi. Le settimane passate in Egitto consumarono il tempo di una silenziosa, provvisoria ma percepibile guarigione. Hector Horeau passava il tempo a disegnare i monumenti, le città e i deserti che vedeva. Si sentiva un antico copista incaricato di tramandare testi sacri appena disseppelliti dall'oblio. Ogni pietra era una parola. Sfogliava lentamente le pagine pietrose di un libro scritto millenni prima e copiava. Sulla superficie di quell'esercizio sordo si posarono a poco a poco i fantasmi della sua mente, come polvere su un quieto soprammobile di dubbio gusto. Nel caldo torrido di un paese sconosciuto gli riuscì di respirare la quiete. Quando tornò a Parigi aveva le valigie piene di disegni la cui maestria avrebbe sedotto quelle centinaia di borghesi per cui l'Egitto rimaneva un'ipotesi della fantasia. Tornò nel suo studiolo con la chiara percezione di non essere un uomo felice e nemmeno guarito. Era però ridiventato un uomo capace di avere chiare percezioni. La ragnatela che era la sua anima era tornata ad essere una trappola per quelle strane mosche che sono le idee.

Ciò gli permise di non rimanere indifferente al concorso che la Società delle Arti di Londra, presieduta dal principe Albert, decise di indire per la costruzione di un immenso palazzo atto a ospitare una prossima, memorabile Grande Esposizione Universale dei Prodotti della Tecnica e dell'Industria. Il palazzo doveva sorgere in Hyde Park e doveva rispondere ad alcuni requisiti fondamentali: offrire almeno 65 mila metri quadrati di superficie coperta, prevedere un solo piano, richiedere sistemi di costruzione estremamente semplici per stare nei ridottissimi tempi a disposizione, non superare un tetto di spesa relativamente esiguo, salvaguardare gli enormi e centenari olmi che dimoravano al centro del parco. Il concorso fu reso pubblico il 13 marzo 1849. La data di scadenza per la presentazione dei progetti fu fissata per l'8 aprile.

Dei 27 giorni che aveva a disposizione Hector Horeau ne consumò 18 a vagabondare con la mente intorno a qualcosa che non sapeva cosa fosse. Fu un lungo, discreto corteggiamento. Poi, un giorno che sembrava qualunque, prese distrattamente dal tavolo una carta assorbente usata e ci vergò sopra, con l'inchiostro nero, due cose: lo schizzo di una facciata e un nome: *Crystal Palace*. Posò la penna. E sentì quel che sente una ragnatela quando incontra la stupita traiettoria di una mosca attesa per ore.

Lavorò al progetto, giorno e notte, per tutto il tempo che gli restava. Non aveva mai immaginato qualcosa di più grande e di sconcertante. La fatica gli rosicchiava la mente, una sotterranea e febbrile emozione scavava cunicoli nei suoi disegni e nei suoi calcoli. Intorno, la vita qualunque macinava i suoi rumori. Lui li percepiva appena. Solo, giaceva in una bolla di acre silenzio, in compagnia della sua fantasia e della sua stanchezza.

Consegnò il suo progetto l'ultimo giorno utile, il mattino dell'8 aprile. Alla commissione giudicante arrivarono, da ogni parte d'Europa, 233 proposte. Ci volle più di un mese per esaminarle tutte. Alla fine furono proclamati due vincitori. Il primo si chiamava Richard Turner ed era un architetto di Dublino. Il secondo si chiamava Hector Horeau. La Società delle Arti si riservò peraltro la facoltà di "presentare un suo progetto che raccogliesse i suggerimenti più funzionali emersi dalle proposte cortesemente avanzate da tutti gli illustri partecipanti". Testuale.

Horeau non si aspettava di vincere. Ormai partecipava ai concorsi non tanto per l'ambizione di vincerli quanto per il piacere di sconcertare le giurie. Il fatto che tra tanti avessero scelto questa volta proprio lui gli fece dubitare per un attimo di aver presentato una banalità. Poi prevalse la consapevolezza, maturata durante gli otto anni vissuti accanto alla signorina Monique Bray (poi signora Monique Horeau), che la vita è sostanzialmente incoerente e la prevedibilità dei fatti un'illusoria consolazione. Capì che il Crystal Palace non vagabondava come tutti gli altri suoi progetti nel nulla di un domani improbabile: lo vedeva lì, in bilico tra utopia e reale realtà, a un passo dal diventare, inaspettatamente, vero.

La concorrenza dell'altro vincitore, Richard Turner, non lo preoccupava. Nel progetto del diligente architetto dublinese c'erano talmente tante assurdità che solo a enunciarle, in ordine alfabetico, Horeau avrebbe potuto intrattenere la Società delle Arti per una nottata intera. Quel che lo preoccupava era l'incontrollabile casualità degli eventi, l'insondabile irrazionalità della burocrazia, l'incognito potere della Casa Reale. A ciò si aggiunse, all'indomani della pubblicazione del suo progetto su una nota rivista della capitale, la contraddittoria accoglienza del grande pubblico. La scandalosa originalità del palazzo divise la gente in tre partiti, riassumibili nella puntuale genericità di tre affermazioni: "È l'ottava meraviglia del mondo", "Costerà un patrimonio", e "Figurati se starà in piedi". Nel segreto del suo studiolo Hector Horeau era sottilmente convinto che tutt'e tre fossero sostanzialmente legittime.

Capì che c'era bisogno di una trovata supplementare: qualcosa che desse al fascino del Crystal Palace una base di credibilità e una tranquillizzante parvenza di realismo. Cercava una soluzione e quella lo raggiunse, come spesso succede, sorprendendolo alle spalle, risalendo la via – che di tutte è la più misteriosa – della memoria. Fu come un sottile refolo. Uno spiffero sfuggito ai serramenti dell'oblio. Cinque parole: *"Brevetto Andersson delle Vetrerie Rail"*.

Ci sono gesti che si giustificano ad anni di distanza: sensatezze postume. L'ottusa catalogazione di ritagli con cui Hector Horeau aveva intrattenuto la propria disfatta ai tempi dell'incontro fra la signora Horeau e il treno delle 17 e 14 per il sud, si dimostrò improvvisamente non inutile. Il ritaglio con la notiziola sul Brevetto Andersson giaceva disciplinatamente nella cartella segnata dalla lettera S (Stranezze). Horeau lo prese e iniziò a fare le valigie. Non sapeva minimamente dove si trovavano le Vetrerie Rail e nemmeno se effettivamente esistevano ancora. Ciò nondimeno – e a conferma del fatto che la realtà ha una sua coerenza, illogica ma effettiva – all'unico albergo di Quinnipak (Locanda Berrimer) videro arrivare, alcuni giorni dopo, un uomo con una grande cartella marrone e dei curiosi capelli disordinati. Cercava una stanza, ovviamente, e, ovviamente, si chiamava Hector Horeau.

Era un venerdì. Ciò spiega perché Horeau, ritiratosi presto a causa del viaggio massacrante, riuscì a dormire poco e male.

– C'era per caso qualcuno che suonava, o qualcosa

del genere, ieri sera? – chiese l'indomani mattina, cercando di far sparire il mal di testa in una tazza di caffè.

– Provava la banda, ieri sera – gli rispose Ferry Barrimer, che oltre ad essere il proprietario del locale era il fa diesis più basso dell'umanofono.

– Una banda?

– Già.

– Sembrava ce ne fossero sette, di bande.

– No, una sola.

– E suona sempre così?

– Così come?

Horeau svuotò la tazza.

– Non importa.

Le Vetrerie Rail – scoprì – c'erano ancora. Distavano un paio di chilometri dal paese.

– Ma non sono più come una volta, adesso che non c'è più Andersson.

– Andersson quello del brevetto?

– Andersson il vecchio Andersson. Adesso non c'è più. E non è più come una volta.

Alla casa del signor Rail, che era su una collina, proprio sopra le vetrerie, ci arrivò sul calesse di Arold. La faceva tutti i giorni, quella strada, Arold.

– Senta, posso chiederle una cosa?

– Dica.

– Ma quella banda... quella che suona al paese... suona sempre così?

– Così come?

Arold lo lasciò all'inizio del sentiero che saliva a casa Rail. Horeau voleva pagarlo ma non ci fu verso. La faceva tutti i giorni, quella strada. Davvero. Be', allora grazie. E di che. Seguendo le lose di pietra che scalinavano su, in mezzo ai prati, Horeau salì verso casa Rail pensando, come avrebbe pensato chiunque, che doveva essere bello vivere lì. Tutt'intorno c'era l'ovvia bellezza di una campagna docile e regolamentare. Solo una cosa, per un attimo, lo sconcertò, solo una: "Strano posto per fare un monumento alla locomotiva" pensò. E tirò avanti.

Arrivò davanti al portone della casa giusto in tempo per vederlo aprirsi e lasciare uscire un uomo. Avrà avuto una quarantina d'anni. Alto, bruno, con due occhi strani. Una lunga cicatrice gli correva dalla tempia sinistra fin sotto il mento. Horeau si sentì preso alla sprovvista. Prese in tasca il ritaglio del giornale: come diavolo era, Bail, Barl, Ral, no, Rail, ecco, Rail.

– Cerco il signor Rail... il signor Rail delle Vetrerie Rail.

– Sono io – rispose sorridendo l'uomo con la lunga cicatrice e gli occhi strani.

Horeau rimise in tasca il ritaglio, posò la grossa cartella di cuoio per terra, alzò gli occhi verso quelli dell'uomo che aveva davanti. Un attimo prima di arrivarci, in quegli occhi strani, disse

– Io mi chiamo Hector Horeau.

Prima mangiarono. La tavola ovale, i piatti col bordo d'oro, la tovaglia di lino. Il signor Rail aveva un bel modo di parlare. Col coltello allineava le briciole di pane che trovava vicino al piatto, poi le spargeva intorno con le dita per tornare ad allinearle in file sempre più lunghe. Chissà dove l'aveva imparato. Di fianco a lui era seduta una donna che si chiamava Jun. Horeau pensò che si vestiva come una ragazzina. Pensò anche che una ragazzina così bella non l'aveva mai vista. Gli piaceva quando parlava: poteva guardarle le labbra senza sembrare indiscreto. Lei gli chiese di Parigi. Voleva sapere quanto era grande.

– Abbastanza da perdercisi dentro.

– Ed è bello?

– Se alla fine si trova la strada per tornare, sì... molto bello.

C'era anche un ragazzo, seduto a tavola. Era il figlio del signor Rail, si chiamava Mormy. Non disse una parola. Mangiava con gesti lentissimi e belli. Horeau non capiva bene com'è che avesse quella pelle da mulatto, visto che né il signor Rail né Jun avevano la pelle nera. In compenso capì, incrociandone per un istante gli occhi, cos'avevano di strano gli occhi di suo padre: erano occhi meravigliati. Nello stupore completo e perfetto che lo sguardo di Mormy mostrava, imperturbabile e fisso, c'era quello che negli occhi del signor Rail appariva come abbozzato. Dev'essere così, questa cosa dei figli, pensò Horeau: nascono con dentro quello che, nei padri, la vita ha lasciato a metà. Se mai avrò un figlio, pensò Horeau tagliando meticolosamente una sottile fetta di carne in salsa di mirtilli, nascerà pazzo.

Finirono e si alzarono. Tutti meno Mormy, che ancora sorseggiava il brodo e chissà quando sarebbe arrivato alla fine. Jun li lasciò soli.

– Dovrebbe venire, a Parigi, un giorno... – le disse, salutandola, Horeau.

– No... non credo che dovrei. Davvero.

Ma lo disse con allegria. Bisogna immaginarselo detto con allegria. "No... non credo che dovrei. Davvero." Così.

– Trecentocinquanta metri?

– Sì.

– Cinque navate lunghe trecentocinquanta metri e alte trenta?

– Così.

– E tutto questo.... tutto questo è vetro.

– Vetro. Ferro e vetro. Non c'è un grammo di pietra o di malta, niente.

– E lei crede davvero che starà in piedi?

– Be', in un certo senso questo dipende da lei.

Hector Horeau e il signor Rail uno davanti all'altro, con in mezzo un tavolo. E sul tavolo un foglio lungo un metro e largo sessanta centimetri. E sul foglio il disegno del Crystal Palace.

– Da me?

– Diciamo dal "*Brevetto Andersson delle Vetrerie Rail*"... Vede, ci sono ovviamente dei problemi a costruire una simile immensa... chiamiamola cattedrale di vetro. Problemi strutturali ed economici. Il vetro deve essere molto leggero perché le strutture portanti lo possano reggere. E più sottile sarà, meno materia prima occorrerà e meno si spenderà. Ecco perché è importante il suo brevetto. Se lei davvero è in grado di fare delle lastre di vetro come quelle descritte in questo ritaglio di giornale, io riuscirò a farlo stare in piedi, il Crystal Palace...

Il signor Rail diede un'occhiata al foglietto ingiallito.

– Spesse tre millimetri e grandi un metro quadrato... sì, più o meno è così... Andersson pensava che si potesse farle anche più grandi... ma questo significava farne quattro, anche cinque per ottenerne una buona. Così invece possiamo arrivare a salvarne una su due... più o meno...

– Chi è Andersson?

– Be', Andersson adesso non è più nessuno. Ma una volta era un mio amico. Era un uomo giusto, e sapeva tutto del vetro. Tutto. Avrebbe potuto farci qualsiasi cosa... avrebbe potuto farci anche delle bocce enormi, se solo avesse voluto, o avesse avuto il tempo...

– Delle bocce?

– Sì, delle bocce di vetro... enormi... ma questa era una storia tra me e lui... non c'entra con... con le lastre, e tutto il resto... non importa.

Tacque Hector Horeau. Tacque il signor Rail. Scivolava il silenzio sul disegno del Crystal Palace. Sembrava una serra immane con dentro, solo, tre olmi giganteschi. Sembrava un'assurdità bell'e buona. Ma bisognava immaginarla con migliaia di persone dentro, e un immenso organo a canne nel fondo, e fontane, tapis roulants di legno, e gli oggetti portati da tutte le parti del mondo, pezzi di navi, invenzioni strambe, statue egizie, locomotive, sommergibili, stoffe di tutti i colori, armi inarrestabili, animali mai visti, strumenti musicali, quadri grandi come pareti, bandiere ovunque, cristallerie, gioielli, macchine volanti, tombe, laghetti, aratri, mappamondi, argani, ingranaggi, carillon. Bisognava immaginare i rumori, le voci, i suoni, l'odore, i mille odori. E soprattutto: la luce. La luce che ci sarebbe stata, lì dentro... Lì dentro come da nessun'altra parte, nel mondo intero.

Horeau si chinò sul disegno.

– Sa una cosa... ogni tanto penso a questo... penso che quando sarà tutto costruito, e l'ultimo operaio avrà finito l'ultimo ritocco, io farò uscire tutti... tutti... entrerò da qui, solo, e farò chiudere tutte le porte. Non ci sarà un rumore, niente. Solo i miei passi. E lentamente camminerò fino al centro del Crystal Palace. Lentamente, un metro dopo l'altro. E se il mondo non comincerà ad oscillarmi intorno, alla fine arriverò proprio qui, sotto gli olmi, e mi fermerò. E allora... quello, esattamente quello, finalmente, io lo so, sarà il posto in cui dovevo arrivare. Da lontano, da dovunque, io non ho fatto che camminare verso quel punto esatto, quel metro quadrato di legno posato sul fondo di un immenso bicchiere di vetro. Lì, quel giorno, io sarò arrivato alla fine del mio cammino. Dopo... tutto quello che accadrà dopo... non conterà più niente.

Il signor Rail aveva gli occhi fissi su quel punto, proprio sotto i tre giganteschi olmi. Non diceva nulla perché pensava a un uomo, in piedi, in quel punto, con i capelli disordinati, infinitamente stanco e senza più un posto dove andare. Poi però una cosa la disse.

– È un bel nome.

– Quale?

– Crystal Palace... È un bel nome... al vecchio Andersson sarebbe piaciuto... tutto questo al vecchio Andersson sarebbe piaciuto... avrebbe fatto per lei le più belle lastre di vetro che si possono fare... aveva del genio, per queste cose, lui...

– Vuole dire che senza di lui non me le farete, quelle lastre di vetro?

– Oh no, non voglio dire questo... certo che potremo farle... spesse tre millimetri, forse anche qualcosa di meno... sì, io credo che potremo farle, volevo solo dire che... con Andersson sarebbe stato diverso, tutto lì... ma... non è questo l'importante. Lei può contare su di noi. Se vuole quelle lastre di vetro le avrà. Solo volevo sapere... dov'è che nel disegno si vede dove andranno a finire...

– Dove andranno a finire? Be', dappertutto andranno a finire.

– Dappertutto dove?

– Dovunque... è tutto di vetro, lo vede? Le pareti, la copertura, il transetto, i quattro grandi ingressi... tutto vetro...

– Lei vuole dire che tutto questo starà in piedi con del vetro di tre millimetri?

– Non proprio. Il palazzo sta in piedi grazie al ferro. Il vetro fa il resto.

– Il resto?

– Sì... diciamo... il miracolo. Il vetro fa il miracolo, la magia... Entrare in un posto e avere l'impressione di uscire fuori... Essere protetti dentro qualcosa che non impedisce di guardare ovunque, lontano... Fuori e dentro nello stesso momento... al sicuro eppure liberi... questo è il miracolo, e a farlo è il vetro, solo il vetro.

– Ma ce ne vorrà a tonnellate... per coprire tutta quella roba ci vorrà un numero di lastre pazzesco...

– Novemila. Più o meno novemila. Che immagino significhi produrne il doppio, no?

– Sì, qualcosa del genere. Per salvarne novemila bisognerà farne almeno ventimila.

– Nessuno ha mai fatto qualcosa del genere, lo sa?

– A nessuno è mai venuta in mente un'idea strampalata come questa, lo sa?

Tacquero per un po', quei due, uno davanti all'altro, con dietro una storia, ciascuno la sua.

– Ce la farà, signor Rail?

– Io sì. E lei?

Horeau sorrise.

– Chi lo sa...

Erano giù, alla vetreria, a vedere le fornaci, i cristalli e tutto il resto. Erano lì quando Hector Horeau improvvisamente iniziò a impallidire e a cercare un pilastro a cui appoggiarsi. Il signor Rail vide il suo volto coprirsi di sudore. Un sordo lamento gli usciva dalla gola, piano, come se venisse da lontano. Però non era come quando qualcuno chiede aiuto. Era l'eco di una battaglia segreta. Nascosta. Anche per quello a nessuno, lì per lì, venne da avvicinarsi. Si fermarono, alcuni operai. Si fermò il signor Rail: ma tutti, immobili, rimasero a qualche passo da quell'uomo che – si vedeva – stava combattendo un duello misterioso, tutto suo. C'era lui e c'era qualcosa che lo mordeva dentro. Gli altri non c'entravano. Ovunque fosse, Hector Horeau, in quel momento, ci stava comunque da solo.

Non durò che pochi istanti. Lunghissimi.

Poi sparì il lamento sordo dalla gola di Hector Horeau, e dai suoi occhi la paura. Si tolse dalla tasca un grande, ridicolo fazzoletto rosso e si asciugò la fronte.

– Non sono svenuto, vero?

– No – gli rispose il signor Rail, avvicinandosi, finalmente, e offrendogli il braccio.

– Adesso va molto meglio, non si preoccupi... ce la
faccio... va molto meglio.

C'era ancora, intorno, un piccolo silenzio che galleg-
giava nell'aria còme una bolla di sapone.

– Mi spiace... scusatemi... scusatemi.

Hector Horeau non voleva ma alla fine lo convinse-
ro a fermarsi lì, per la notte. Sarebbe partito l'indomani,
non era il caso di fare un viaggio così pesante dopo quello che gli era successo. Gli diedero la stanza che dava sul
frutteto. Tappezzeria bianca e gialla, piccolo letto con
un baldacchino merlettato. Un tappeto, uno specchio.
L'alba gli cresceva proprio di fronte. Era una bella stanza. Jun mise dei fiori sul tavolino. Bianchi. I fiori.

Sulla veranda, con l'aria della sera che pungeva, il signor Rail stette ad ascoltare Hector Horeau che raccontava di come era immobile l'Egitto.

Raccontava con voce lenta. Infinita. Ma a un tratto si
interruppe e voltandosi verso il signor Rail sussurrò

– Che faccia avevo?

– Quando?

– Giù, alla vetreria, oggi pomeriggio.

– La faccia di uno terrorizzato.

Lo sapeva, Hector Horeau. Lo sapeva benissimo che
faccia aveva. Quel pomeriggio, giù alla vetreria e tutte le
altre volte.

– Ogni tanto penso che tutta questa storia del vetro..., del Crystal Palace e di tutti quei miei progetti...
vede, ogni tanto penso che solo un uomo spaventato come me poteva farsi venire una mania del genere. Sotto
sotto non c'è altro... paura, solo paura... Lo capisce?, è la
magia del vetro... proteggere senza imprigionare... stare
in un posto e poter veder ovunque, avere un tetto e vedere il cielo... sentirsi dentro e sentirsi fuori, contemporaneamente... un'astuzia, nient'altro che un'astuzia... se

lei vuole una cosa e però ne ha paura non ha che da mettere un vetro in mezzo... tra lei e quella cosa... potrà andarle vicinissimo eppure rimarrà al sicuro... Non c'è altro... io metto pezzi di mondo sotto vetro perché quello è un modo di salvarsi... si rifugiano i desideri, lì dentro... al riparo dalla paura... una tana meravigliosa e trasparente... Lo capisce, lei, tutto questo?

Forse lo capiva, tutto quello, il signor Rail. Pensava che i finestrini dei treni erano di vetro. Si chiedeva se c'entrava qualcosa, ma era così. Pensava all'unica volta che aveva avuto veramente paura in vita sua. Pensava che non aveva mai immaginato di dover trovare un qualche rifugio ai suoi desideri. Gli passavano nella testa e basta. C'erano. Tutto lì. E però lo capiva, tutto quello, sì, in qualche modo doveva averlo capito se alla fine, invece di rispondere, disse, più semplicemente

– Sa una cosa, signor Horeau? Io sono felice che per arrivare a quel punto là, sotto gli olmi, nel centro del Crystal Palace, lei sia dovuto passar da qui. E non è per le lastre di vetro, o per i soldi... non solo per quello... ma per come è fatto lei. Lei fa bocce di vetro molto grandi e molto strane. Ed è bello guardarci dentro. Veramente.

L'indomani Horeau partì presto, la mattina. Aveva ritrovato l'aspetto di un architetto di successo, la sicurezza, e il controllo di sé. Una volta di più constatò che la sua anima non conosceva vie di mezzo tra il trionfo e la disfatta. Con il signor Rail aveva concordato tutti i particolari della fornitura per il Crystal Palace: quantità, prezzi, tempi di consegna. Tornava a Parigi con una carta decisiva da giocare contro lo scetticismo della gente.

Il signor Rail lo accompagnò fin giù, alla strada, dove Arold lo aspettava. Passava tutti i giorni, da lì, Arold. Non gliene faceva nulla di fermarsi un attimo e caricare quello strano signore con quei capelli disordinati. Davvero. Allora grazie. E di che?

– Il comitato dovrebbe decidere entro sessanta giorni. Ci metterà forse un po' di più. Ma al massimo entro tre mesi avremo la risposta. E io le telegraferò immediatamente.

Stavano uno di fronte all'altro, in piedi, mentre Arold, seduto sul calesse, si esibiva in uno dei suoi numeri migliori: l'assenza più assoluta.

– Senta, Horeau, posso chiederle una cosa?

– Certo.

– Quante probabilità abbiamo di vincere... cioè, voglio dire... Lei pensa che vincerà?

Horeau sorrise.

– Io penso che non posso perdere.

Appoggiò la borsa nel calesse, salì accanto ad Arold, esitò un attimo, poi si voltò verso il signor Rail.

– Posso chiedergliela anch'io una cosa?

– Certo che può – rispose il signor Rail portando meccanicamente la mano verso la cicatrice che gli correva lungo il viso.

– Ma a chi è venuto in mente di mettere laggiù un monumento alle ferrovie?

– Non è un monumento.

– No?

– È una locomotiva vera, quella.

– Una locomotiva vera? E che ci fa lì?

Il signor Rail aveva passato la notte a far di conto, incrociando montagne di numeri con il pensiero di ventimila lastre di vetro.

– Come, non si vede? Sta per partire.

QUATTRO

1

”... come sarebbe a dire ’per caso’?... tu credi davvero che ci sia qualcosa che succede ’per caso’? Io dovrei credere che questa mia gamba stritolata è un caso? o la mia fattoria, e la vista che c’era, e quel sentiero... o quello che sento la notte, invece di dormire, tutta la notte... è giù da quel sentiero che se n’è andata, Mary... non ne poteva più, e un giorno se n’è andata via... ha preso quel sentiero e se n’è andata... non ne poteva più di me, s’intende... una vita impossibile e... dovrei consolarmi e credere che sia stato ’per caso’ che io sono diventato impossibile e che Mary era bella... non bellissima, ma bella sì... quando ballava, alle feste, e sorrideva, gli uomini pensavano che era bella... pensavano così... ma io sono diventato impossibile, questa è la verità... me ne sono accorto, giorno per giorno, ma non c’era niente da fare... mi è salito su dalla gamba e a poco a poco mi ha marcito dentro... io sono convinto che tutto è cominciato con la storia della gamba... prima non ero così... sapevo vivere, prima, ma poi... non ce l’ho fatta più... dovrei odiarmi per questo? Così doveva andare e così è andata... e basta... un po’ come quella storia lì... anche lì uno potrebbe dire ’è il caso’, ma cosa vuol dire? vuol dir qualcosa?... la vedova Abegg lo sapeva benissimo, lei ci credeva, non era una questione di caso, è il destino, è una cosa diversa... e anche Pehnt l'aveva capito... magari tu puoi dire che una giacca è una cosa da niente ed è da pazzi decidere la propria vita stando ad aspettare che una giacca diventi della tua misura... ma una cosa vale l'altra, una giacca o una gamba maciullata, o un cavallo che impazzisce e ti manda all'altro mondo... il destino fa fuoco con la legna che c'è... fa fuoco anche con una pagliuzza, se non c'è altro... e Pehnt aveva quella giacca e nient'altro... io dico che ha fatto bene, la vedova Abegg... E non devi credere che non c'ha sofferto... c'ha sofferto eccome... ma quando la giacca è diventata della misura giusta era chiaro che Pehnt doveva partire.../Alza la testa dal lavatoio, la vedova Abegg, la alza un istante per gridare a Pehnt dove diavolo è stato tutta la notte, ma non riesce a dire una parola perché negli occhi le si infilza l'immagine di quel ragazzo che arriva con addosso una giacca nera. Perfetta. Chissà qual è l'attimo in cui una giacca diventa perfetta, chissà cosa decide quando un quadro non ne può più e casca, o una pietra immobile da anni si gira di un niente su se stessa. Comunque era perfetta. E la vedova Abegg non riuscì a dire una parola e solo sentì dentro la percossa di un'emozione che c'entrava con la paura, con la gioia, con la sorpresa e con mille altre cose. Riabbassa la testa sul lavatoio e sa che è il primo gesto di una nuova vita. L'ultima./ ... doveva andarsene nella capitale, quello era il suo destino... via da Quinnipak... una volta per tutte... non perché lì fosse uno schifo, no... ma perché quello era il suo destino... da qualsiasi parte stesse lo schifo, lui era nella capitale che doveva andare, e ci andò...... io penso che sia stato giusto così... e anche Pekisch mi disse un giorno 'è stato giusto così' ... e sì che gli voleva bene a quel ragazzo... giravano sempre insieme, tu pensa che qualcuno si mise perfino a malignare su 'sta storia... Pekisch e Pehnt, Pehnt e Pekisch... tutte ca-

rognate, davvero, ci sghignazzavano su, quegli stronzi...
ma era solo che erano amici... non c'era niente di male...
non aveva nemmeno un padre, Pehnt... e Pekisch, poi...
non aveva nessuno, lui, non si sapeva nemmeno da dove
venisse, qualcuno diceva che era un ex galeotto, figurati... Pekisch galeotto... ce ne voleva di fantasia... non
avrebbe potuto fare del male a una mosca... lui viveva
per la musica e basta... per quella c'aveva una vera ma-
nìa, c'aveva del genio... quello sì... pensa che quando
Pehnt decise di partire... cioè... Pehnt decise di partire e
allora Pekisch gli disse 'parti il giorno di San Lorenzo',
sai, c'è la festa quel giorno, la festa di San Lorenzo, 'parti
il giorno di San Lorenzo, dopo la festa, fermati a sentire
la banda e poi parti', così gli disse... il fatto è che lui voleva fargli sentire ancora una volta la banda, capisci?, voleva che se ne andasse con quell'addio lì... e allora inventò una cosa bellissima... io lo so perché poi suonai anch'io quel giorno... inventò una cosa bellissima... sai, lui
non aveva mai composto della musica, voglio dire della
musica tutta sua... Pekisch conosceva tutte le musiche
del mondo e le aggiustava per noi, le cambiava, cose
così, ma... erano sempre musiche di qualcun altro, capisci?... e invece quella volta lui ce lo disse, questa musica
è mia... così, molto semplicemente, prima di mettersi a
provare, disse a bassa voce 'questa musica è mia' / Pekisch seduto davanti al pianoforte, ha chiuso la porta
con il chiavistello, tiene le mani una dentro l'altra posate
sulle gambe, guarda la tastiera. Gli occhi vanno da un tasto all'altro, come a seguire un grillo che ci danza sopra.
Per delle ore. Non tocca un solo tasto, gli basta guardarli. Non viene fuori una nota, le ha tutte in testa. Ore. Poi
chiude il pianoforte, si alza ed esce. Si accorge che è notte. Rientra nella stanza. Va a dormire. / ... e in realtà
non era una musica, perché ad essere precisi di musiche
ne aveva inventate due, e questa era la bellezza di tutta
la storia... certe cose potevano venire in mente solo a

lui... divise la banda in due e organizzò tutto per bene... una banda partiva dall'estremo sinistro del paese suonando una certa musica e l'altra partiva dall'inizio opposto suonando tutt'un'altra musica... hai capito?... così si sarebbero incrociate proprio a metà della strada e poi tutt'e due avrebbero continuato, sempre dritto, fino alla fine del paese... una arrivava dove era partita l'altra e viceversa... una cosa complicata... uno spettacolo... tanto che venne un sacco di gente a vederlo... anche dai paesi vicini... tutti lungo la strada a vedere quella stranezza... cose così non si sentono mica tutti i giorni... la festa di San Lorenzo... non me la dimenticherò facilmente... nessuno se la dimenticherà facilmente... anche la padrona lo disse, 'è stato meraviglioso' disse... e mi disse 'hai suonato benissimo, Kuppert', così... c'era venuta da sola, alla festa, da sola con Mormy, voglio dire, perché il signor Rail all'ultimo restò a casa... aveva tutte le storie della sua ferrovia... tutti quei lavori da seguire... e poi successe qualcosa, non so, mi sembra che gli telegrafarono qualcosa e lui disse a Jun che non poteva venire, doveva aspettare qualcuno... sarà stato qualcuno della ferrovia, non so... nessuno sapeva dove li aveva presi tutti quei soldi per far partire Elisabeth... ma lui diceva 'con il vetro si possono fare miracoli e io ne sto per fare uno'... non ho mai capito bene... / Hanno telegrafato un messaggio per il signor Rail, una sola riga, *Tutto è deciso, arrivo domani. Firmato: H. H.* Sarà un gran giorno, domani, dice il signor Rail. Jun non sa se metterà il vestito rosso o quello giallo. San Lorenzo. Ogni anno c'è la festa di San Lorenzo. Verrà il signor Horeau, pensa il signor Rail, guardando giù verso il pratone dove lavorano a posar binari, uno dopo l'altro, uno in fila all'altro. La strana intimità di quelle due rotaie. La certezza di non incontrarsi mai. L'ostinazione con cui continuano a corrersi di fianco. Gli ricorda qualcosa, tutto questo. Non sa cosa. / ... il signor Rail faceva i miracoli col vetro e Pekisch li faceva con la musica, andava così... solo io non facevo miracoli... nemmeno prima, quando la gamba era al suo posto... dopo poi... ho lasciato che andasse come doveva andare... e non c'entra il caso... a quello ci credi tu, ma tu sei giovane, che ne sai... c'è sempre un piano preciso, dietro a tutto... in questo aveva ragione il signor Rail... ognuno ha davanti le sue rotaie, che le veda o no... le mie mi hanno portato alla fiera di Trinniter proprio nel giorno giusto... ce n'era a migliaia di giorni, e di fiere... ma io ci sono finito proprio quel giorno a Trinniter, dove c'era la fiera... a comprarmi una roncola, una bella roncola... volevo anche comprare un baule, sai uno di quei bauli che ogni tanto si vedono, nelle case, con tutte le cianfrusaglie dentro... ma non lo trovavo, un baule fatto in quel modo, e così avevo solo la roncola, in mano, quando ho intravisto Mary, in mezzo alla gente... sola... erano anni che non la vedevo, non avevo più saputo niente di lei... e adesso era lì... neanche tanto cambiata... era proprio Mary... ora dimmi cosa c'entra il caso... cosa mai ci sarebbe di casuale in una cosa del genere... era tutto studiato, a tavolino... io con la roncola in mano e Mary, dopo anni, che mi sbuca lì... io non le volevo male... sarei andato da lei e le avrei detto 'ciao, Mary', e ci saremmo raccontati qualche cosa... magari si andava a bere qualcosa insieme... ma avevo una roncola in mano... questo nessuno lo vuole capire ma era così... che ci potevo fare io... magari se c'avevo dei fiori, in mano, per dire, magari si sarebbe tornati insieme, quel giorno, io e Mary... ma era una roncola quella... più chiaro di così... rotaie come quelle le vedrebbe anche un cieco... erano le mie rotaie... mi portarono fino a un passo da Mary, in mezzo alla gente, fece appena in tempo a vedermi poi la roncola la sventrò, come un animale... un mare di sangue... e le urla, quelle mi suonano ancora in testa adesso, urla così non le avevo mai sentite... ma anche quelle... anche quelle non avevano fatto altro per anni che aspettare me... un grido è capace di aspettarti per anni, poi tu un giorno arrivi, e lui è lì, puntuale, terrificante... tutto, tutto è così... tutto quello che incontri è già lì da sempre, ad aspettarti... anche tu, cosa credi? e questa schifosa prigione... tutti fermi ai bordi dei binari, aspettando che io passi...

Passerò... passerò... Dite alla forca che mi aspetta che passerò anche da lì. Una notte ancora e avrà finito di aspettare."

2

Per terra, la terra è secca, e bruna, e dura. Se l'è bevuta il sole, per ore, cancellando una notte di acqua, e lampi, e boati. Finissero nel nulla, così, anche le paure. Sulla terra, poca polvere quasi immobile. Non c'è vento che se la porti via. La gente, con strana meticolosità, ha cancellato i segni degli zoccoli dei cavalli e i solchi delle ruote delle carrozze. Tutta la strada come un tavolo da biliardo di terra bruna.

La strada è larga trenta passi. Divide in due il paese. Di qua dalla strada. Di là dalla strada. La strada è lunga mille passi, incominciando a contare dalla prima casa del paese e fermandosi all'angolo dell'ultima. Mille passi normali. Di un uomo normale, se c'è.

All'estremo sinistro della strada – sinistro guardando a mezzanotte – ci sono dodici uomini. Due file di sei uomini. Tengono in mano strani strumenti. Alcuni piccoli, alcuni grandi. Sono tutti immobili. Gli uomini, ovviamente, non gli strumenti. E guardano di fronte a sé. E dunque, forse, dentro di sé.

All'estremo destro della strada – destro guardando a mezzanotte – ci sono altri dodici uomini. Due file di sei uomini. Tengono in mano strani strumenti. Alcuni piccoli, alcuni grandi. Sono tutti immobili. Gli uomini, ovviamente, non gli strumenti. E guardano di fronte a sé. E dunque, forse, dentro di sé.

Nei mille passi di strada che dividono i dodici uomini di sinistra dai dodici uomini di destra non c'è niente e nessuno. Perché la gente – e qui gente non vuol dire semplicemente qualche passante, ma decine e decine di persone che messe insieme fanno centinaia di persone, diciamo quattrocento persone, forse anche di più, cioè tutto il paese e anche quelli venuti da lontano appositamente per essere lì, adesso.......

Nei mille passi di strada che dividono i dodici uomini di sinistra dai dodici uomini di destra non c'è assolutamente niente e nessuno. Perché la gente se ne sta tutta assiepata e schiacciata tra i bordi della strada e le facciate delle case, ciascuno badando, nonostante la calca e la tensione, a non finire con un piede in quello che a tutti gli effetti si può ormai definire, dopo tanto meticoloso lavoro, uno splendido tavolo da biliardo di terra bruna. E man mano che ci si avvicina all'ipotetico e in fondo reale punto di esatta metà della strada, là dove i dodici uomini di sinistra si incroceranno al momento giusto – al momento culminante – con i dodici uomini di destra, come le dita di due mani che si cercano e poi si trovano, come ruote di un grande ingranaggio sonoro, come fili di un tappeto orientale, come venti di una burrasca, come i due proiettili di un solo duello.........

E man mano che ci si avvicina alla metà esatta della strada, sempre più fitta si fa la calca, con la gente assiepata e stretta intorno a quel punto nevralgico, il più vicino possibile a quel confine invisibile dove si mescoleranno le due nuvole sonore (come sarà, immaginarlo è impossibile), con gran affastellamento di occhi, cappellini, vestiti della festa, bambini, sordità di vecchi, scollature, piedi, rimpianti, lucidi stivali, odori, profumi, sospiri, guanti di pizzo, segreti, malattie, parole mai dette, occhialetti, immensi dolori, chignon, puttane, baffi, mogli vergini, menti spente, tasche, idee sporche, orologi d'oro, sorrisi di felicità, medaglie, pantaloni, sottovesti, illusioni – tutto un grande magazzino di umanità, un concentrato di storie, un ingorgo di vite versato in quella strada (e con particolare violenza nel punto all'esatta metà di quella strada) per fare da sponda alla traiettoria di una singolare avventura sonora – di una pazzia – di uno scherzo dell'immaginazione – di un rito – di un addio.

E tutto questo – tutto – a mollo nel silenzio.

Se si è capaci di immaginarlo, bisogna immaginarlo così.

Un silenzio infinito.

Non per altro: ma è sempre un qualche meraviglioso silenzio che porge alla vita il minuscolo o enorme boato di ciò che poi diventerà inamovibile ricordo. Così.

Ed è per questo, in fondo, che anche loro e soprattutto loro, i dodici uomini all'inizio della strada e i dodici uomini alla fine della strada, stanno immobili, come pietre, ciascuno con il suo strumento addosso. Non manca che un istante all'inizio di tutto e loro se ne stanno lì, appoggiati su se stessi, senza nient'altro da fare, ancora per un istante, che essere se stessi – dettato immane – feroce, meraviglioso dovere. Se da qualche parte ci fosse, Iddio, li conoscerebbe uno per uno, saprebbe tutto di loro, e di loro si commuoverebbe. Dodici da una parte. Dodici dall'altra. Tutti figli suoi. Uno per uno. E Tegon, che suona una specie di violino, e morirà nelle acque gelate del fiume, e Ophuls, che suona una specie di tamburo, e morirà senza accorgersene, una notte che non c'era la luna, e Rjnh, che suona una specie di flautino, e morirà in un bordello tra le cosce di una donna bruttissima, e Haddon, che suona una specie di sassofono, e morirà a 99 anni, dimmi tu la sfiga, e

Kuppert, che suona una specie di armonica, e morirà sulla forca, lui e la sua gamba maciullata, e Fitt, che suona una specie di grande tuba, e morirà chiedendo pietà con una pistola puntata in mezzo agli occhi, e Pixel, che suona una specie di grancassa, e morirà senza dire nemmeno all'ultimo istante dove diavolo li aveva nascosti quei soldi, e Griz, che suona una specie di doppio violino, e morirà di fame, troppo lontano da casa sua, e Momer, che suona una specie di clarinetto, e morirà bestemmiando Dio, spezzato in due dal male bastardo, e Ludd, che suona una specie di tromba e morirà troppo presto, senza aver trovato il momento giusto per dirle che l'amava, e Tuarez, che suona una specie di grande corno, e morirà per sbaglio in una rissa tra marinai, lui che non aveva mai visto il mare, e Ort, che suona una specie di trombone, e morirà fra pochi minuti, col cuore spappolato dalla fatica o dall'emozione chissà, e Nunal, che suona una specie di organetto, e morirà fucilato al posto di un libraio della capitale che portava il parrucchino e aveva una moglie più alta di lui, e Brath, che suona una specie di flauto, e morirà raccontando i suoi peccati a un prete cieco che la gente credeva santo, e Felson, che suona una specie di arpa, e morirà impiccato a uno dei suoi ciliegi dopo aver scelto quello più grande e più bello di tutti, e Gasse, che suona una specie di xilofono, e morirà per regio decreto, con una divisa addosso e una lettera in tasca, e Loth, che suona una specie di violino, e morirà in silenzio, senza sapere perché, e Karman, che suona una specie di tromba, e morirà per un pugno troppo forte di "Bill, la bestia di Chicago", trecento dollari a chi rimarrà in piedi per tre riprese, e Waxell, che suona una specie di cornamusa, e morirà stupefatto con negli occhi l'immagine di suo figlio che abbassa la canna fumante del fucile, senza fare una piega, e Mudd, che suona una specie di tam-tam, e morirà felice, senza più paure né desideri, e Cook, che suona una specie di clarino, e morirà lo stesso giorno del Re, ma senza finire sui giornali, e Ye-lyter, che suona una specie di fisarmonica, e morirà cercando di salvare dalle fiamme una bambina grassa che diventerà poi famosa uccidendo il marito a colpi d'ascia e seppellendolo nel giardino, e Doodle, che suona una specie di carillon, e morirà precipitando con un pallone aerostatico sulla chiesa di Salimar, e Kudil, che suona una specie di trombone, e morirà dopo aver sofferto tutta una notte, senza un lamento però, per non svegliare nessuno. Tutti figli suoi, se solo esistesse, da qualche parte, Iddio. E dunque tutti orfani, ovviamente, poveracci – ostaggi del caso. Eppure vivi, lì, vivi da matti, nonostante tutto, e in quel momento più che in qualsiasi altro, mentre tutta Quinnipak trattiene il fiato, e la lunga strada di fronte a loro aspetta di essere rigata dal suono dei loro strumenti e, silenziosamente, attende di diventare un ricordo. Il ricordo.

Un istante.

Poi Pekisch fa un gesto.

Ed è lì che tutto inizia.

Iniziano a suonare, i dodici uomini di destra e i dodici uomini di sinistra, e suonando a camminare. Passi e note. Lentamente. Quelli di sinistra incontro a quelli di destra, e viceversa. Nubi di suono, incanalate nei mille passi di quella strada, l'unica strada vera di Quinnipak – nel silenzio, è evidente, senti l'opposto strisciare di una specie di temporale sonoro – ma molto più dolce di un temporale, da sinistra sembra una danza, lieve, dall'altra potrebbe essere una marcia o anche un corale da chiesa, sono ancora lontani, si spiano da lontano, così – a chiudere gli occhi forse si riuscirebbe a sentirli distintamente, tutt'è due, contemporaneamente, ma distinti – c'è qualcuno che chiude gli occhi, altri guardano fissi davanti a sé, e ci sono quelli che guardano a destra e poi a sinistra e poi a destra e poi a sinistra – Mormy no, lui ovviamente ha lo sguardo fisso – la verità è che la gente non sa di preciso dove guardare – Mormy se l'è già portato via un'immagine, che l'ha trafitto quasi subito, anche prima dell'istante lungo di silenzio, anche prima di tutto – nella calca di gente e sguardi i suoi occhi avevano mille 'posti per posarsi ma è sul collo di Jun che alla fine sono finiti – la verità è che la gente più radicalmente non sa di preciso neanche cosa deve ascoltare – la gente lascia che la magia gli coli addosso, al momento buono saprà cosa fare, questa è la verità – Jun se ne sta giusto lì davanti, in piedi, immobile, vestitino giallo, niente cappellino, ma i capelli tirati su, sulla nuca, così che è evidente, sarebbe successo a chiunque, stando lì a un niente da lei, subito dietro di lei, sarebbe successo a chiunque di finire con gli occhi su quella pelle bianca, e la curva del collo che scivola sulla spalla, e il riflesso del sole su tutto quello – si posarono lì, gli occhi di Mormy, e ci rimasero, non c'era più niente da fare, capace che anche questa volta si perdeva tutto / il tutto che avanzava lentamente dai due estremi della città, su dalla strada, sollevando una bava di polvere, non di più, e in compenso colorando l'aria di suoni mobili e viaggianti e vagabondi – sembra una ninna nanna, quella danza, sembra che venga avanti rotolando, fatta di niente, fatta di crema – sembrano soldati, così, in fila, sei davanti sei dietro, tre metri precisi tra uno e l'altro – fucilare il silenzio con armi fatte di legno e di ottone e di corde – più si avvicinano più sfuma tutto negli occhi e tutta la vita ti si raccoglie nelle orecchie – ogni passo in più costruisce nella testa un unico grande strumento schizofrenico eppur preciso – come farò a raccontare tutto questo a casa?, non potranno mai capire / non lo capì subito, Ort, cosa stava succedendo, solo sentì che stava scivolando indietro, lo vedeva con la coda dell'occhio, si stava sfilando dalla sua banda, a poco a poco, come uno sbuffo bianco che un temporale si lascia die-

tro attraversando implacabile il cielo – teneva il suo
trombone in mano e camminava, ma qualcosa stava succedendo, se no come mai adesso si vedeva arrivare di
fianco il clarino di Cook, che era partito dietro di lui, e
adesso era lì, ormai quasi di fianco – suonava, il trombone di Ort, ma qualcosa gli si stava rompendo dentro
– dentro a Ort, non dentro al trombone / dentro alla
testa avresti potuto misurare, passo dopo passo, la stretta di quei suoni che si avvicinavano – come farà a starci
tutto, in un'unica testa, nella testa di ognuno, quando
quelle due maree di suoni finiranno una addosso all'altra, dentro l'altra, proprio nell'esatto punto a metà della strada / nella precisa metà della strada dove stava Pekisch, in mezzo all'altra gente, con il capo abbassato e
gli occhi che guardavano per terra – buffo, sembra che
preghi, pensa Pehnt che è dall'altra parte della strada,
in mezzo alla gente, con la sua giacca nera addosso, giusto di fronte a Pekisch, che però guarda per terra, è buffo, sembra che preghi / non ebbe nemmeno il tempo di
pregare, Ort, c'aveva da fare, un trombone da suonare,
non è una cosa da niente – gli si spaccò qualcosa dentro, andò così – forse la fatica, forse l'emozione – scivolò lentamente indietro – passi sempre più piccoli, ma
bellissimi, a modo loro – teneva la bocca nel trombone,
e soffiava, tutte le note giuste, quelle studiate per giorni, non ne sbagliava una, erano loro che lo tradivano, a
poco a poco, sfumavano lontano, scappavano, quelle –
Ort che cammina, sul posto, senza andar avanti di un
centimetro, suonando un trombone che non emette più
una nota – nel gran strumento biforcuto e viaggiante è
come se una bolla si rompesse nell'aria – un vuoto eva-
pora nell'aria / quasi manca l'aria tanto la gente si stringe, senza accorgersene, come aspirata da quello strumento biforcuto che lentamente chiude le sue chele per
catturare lo spasimo di tutti – una cosa da soffocare se
non fosse che la mente se ne sta ormai rapita dalle sire-

ne che le porgono le orecchie – rapita come Jun, in piedi in mezzo alla gente, con la sensazione di tutti quei corpi addosso – sorride, Jun, sembra un gioco – chiude gli occhi, Jun, e mentre si lascia scivolare in un lago di suoni in dolce tempesta lo sente benissimo, improvvisamente, quel corpo che in mezzo a tutti gli altri, e molto di più degli altri, le si preme addosso, attaccato alla sua schiena e giù per le gambe, si direbbe ovunque – e certo che lo sa, come potrebbe non saperlo, che quello è il corpo di Mormy / in mezzo a tutta quella gente eppure solo, Ort s'è fermato – se l'è lasciata indietro, ormai, la banda, e l'emozione di tutti è altrove – s'è fermato, lui – allontana il trombone dalla bocca, appoggia un ginocchio per terra, poi l'altro, non vede e non sente più niente, solo quel morso indecente che se lo divora da dentro, famelico bastardo / certo ne sarebbe incantato, uno come il signor Rail, da tutto quello, lui che ora sta con la fronte appoggiata al vetro, a guardare gli operai che sudano sui suoi binari d'argento – ha detto che arriverà e dunque arriverà – arano la terra per seminarci l'emozione di una ferrovia – e infatti sta arrivando, Hector Horeau, sale lentamente il sentiero che porta a casa Rail – non ci sarà ormai che una manciata di minuti fra quei due, l'uomo del treno e l'uomo del Crystal Palace / non ci sono ormai più di cento metri tra la ninna nanna e quella marcia che sembra un corale da chiesa – si cercavano e si troveranno – gli strumenti uno dentro l'altro, e i passi a scivolarsi accanto, imperturbabili, esattamente su quella linea invisibile che disegna la metà precisa della strada – proprio dove c'è Pekisch, col capo chino, immobile, e Pehnt, dall'altra parte della strada – Pehnt che partirà – Pehnt che non sentirà più niente del genere – Pehnt che brucia in quella fornace di suoni l'attimo vuoto di un addio / forse bisognerebbe averci sudato dentro, a quella fornace, e allora non stupirebbe che la mano di Jun sia lentamente scesa fino a sfiorare la gamba di quell'uomo che era un ragazzo un po' bianco e un po' nero – Jun immobile, con gli occhi chiusi e nella testa la marea di suoni che risucchia in un irraccontabile naufragio – non c'è niente di più bello delle gambe di un uomo, quando sono belle – nel punto più nascosto dell'intera fornace una mano che sale su per la gamba di Mormy, una carezza che insegue qualcosa, e sa dove andare – mille volte l'aveva immaginato, Mormy, così, per assurdo, la mano di Jun sul suo sesso, premere con dolcezza, premere con rabbia / e alla fine fu con la dolce stanchezza dei vinti che Ort, in ginocchio, si piegò in due e porse la testa alla terra, rimanendo così, in bilico, come in adorazione, prima di crollare come un animale fulminato da un proiettile in mezzo agli occhi, sfracellato dalla morte, disfatto fantoccio sparso per terra, grottescamente illuminato in fronte da una scheggia di luce partita dal sole e rimbalzata su quel trombone morto con lui, di fianco a lui / c'è da sentirsi morire a vedere l'esasperante lentezza con cui quei due minuscoli eserciti di suoni marciano uno addosso all'altro, passo dopo passo – quella specie di corale da chiesa, come fosse un rito, la commozione solenne, e dentro un sapore di marcia, un'ombra di trionfo, forse – e quella specie di ninna nanna, rotola come fatta di niente, fatta di crema, era pieno di cose del genere quando si era bambini – il rito e la ninna nanna – l'abbraccio di una chiesa illuminata, la carezza del sonno – la cerimonia, la nostalgia – un'emozione e un'altra emozione – una addosso all'altra – cosa mai potrà essere vederle schiumare una nell'altra – e ascoltarle? / cosa avrà portato con sé?, pensa il signor Rail mentre sente la porta dello studio aprirsi – Hector Horeau, lì, in piedi, i capelli disordinati, la borsa marrone in mano – sembra passato un niente dalla prima volta – sembra la ripetizione pura e semplice / solo che questa volta è tutto vero, pura e semplice realtà, quella è pro-

prio Jun ed è sua la mano che gli scivola tra le cosce –
come quel collo candido che scivola sulla spalla – se
Mormy potesse vederlo, adesso, saprebbe che luccica di
emozione e impercettibilmente trema, di un tremore infinitamente piccolo e segreto / un fremito se li divora
tutti, chi più chi meno, adesso che manca solo qualche
metro, poi saranno inesorabilmente una addosso all'altro, le due nuvole di suoni – lo scompiglio nella mente
di ciascuno – cuori impazziti, mille ritmi intimi che si
mescolano a quei due, limpidissimi, che stanno per
scontrarsi / addio Pehnt, addio amico che non ci sarai
più, ancora una volta addio, tutto questo è per te / scivola la mano di Jun tra bottoni e pudori, con voglia e
dolcezza / Bentornato, signor Horeau – sorridendo e
porgendogli la mano – Bentornato, signor Horeau /
cinque metri, non di più – uno spasimo, una tortura –
che si scontrino finalmente, porco Dio – che esploda
tutto come un grido / ma non risponde, Hector Horeau, posa la borsa per terra, alza lo sguardo, tace per un
attimo poi si apre in un sorriso, il suo volto, un sorriso /
ADESSO – adesso – è proprio adesso – come si sarebbe
potuto immaginare tutto questo? – un milione di suoni
che scappano impazziti in un'unica musica – sono lì,
uno dentro l'altro – non c'è inizio non c'è fine – una
banda che ingoia l'altra – la commozione dentro il terrore dentro la pace dentro la nostalgia dentro il furore
dentro la stanchezza dentro la voglia dentro la fine –
aiuto – dov'è finito il tempo? – dov'è sparito il mondo?
– cosa mai sta succedendo perché sia tutto qui, adesso –
ADESSO – ADESSO / e si alza finalmente lo sguardo di
Pekisch, e tra tutti gli occhi che ha di fronte immediatamente stringe quelli di Pehnt, perforando l'esplosione
di suoni che si ingorga tra loro, e non ci sarà più bisogno di parole, dopo uno sguardo così, né di gesti, né di
niente / e si stringe finalmente la mano di Jun sul sesso
di Mormy, caldo e duro di una voglia che viene da lon-

tano e da sempre / si passa una mano nei capelli, Hector Horeau, e dice Abbiamo perso, signor Rail, volevo dirle questo, abbiamo perso / così / è successo / così / è successo / è successo / così / è successo / è successo / è successo / c'è qualcuno che potrebbe dire quanto è durato? – un niente – un'eternità – sono sfilati uno accanto all'altro, senza nemmeno guardarsi, fatti pietra dall'uragano di suoni / Niente Crystal Palace? – No, niente Crystal Palace, signor Rail / riabbassa lo sguardo, Pekisch, sembra che preghi / ma è nel punto più segreto della gran fornace e nessuno può vederla la mano di Jun che scivola sul sesso di Mormy e lo accarezza ovunque – il palmo di una mano da ragazzina e quella pelle all'erta, una contro l'altra – c'è duello, al mondo, più bello? / è come una sorta di magico nodo che a poco a poco si scioglie – una specie di guanto rovesciato – ora si danno le spalle i due piccoli eserciti di note – non ce n'è uno che si sia voltato, anche solo per un attimo, guardavano davanti a sé sfilando uno accanto all'altro – e chi ha guardato qualcosa, in fondo, in quell'istante, percossi dal bagliore di quella musica senza senso e senza direzione? / no, qualsiasi cosa ma piangere no, proprio adesso no, qualsiasi cosa, Pehnt, ma quella no – perché? – non adesso Pehnt / e sì che qualcuno ha pianto, in quel momento, e c'è chi ha riso e chi si è sentito cantare – ho avuto paura, io, me lo ricordo – terrore che non finisse più – e invece lentamente va a finire, passo dopo passo / Hanno scelto il progetto di Paxton – Chi è Paxton? – Uno che non sono io / sente la musica che le si scioglie in testa, Jun, e contemporaneamente il sesso immobile di Mormy, inchiodato dal piacere – il ritmico e astuto scorrere di quella mano – che ci può fare un uomo che è un ragazzo – che ci può fare, in una trappola simile? / e la ninna nanna riinizia a raccogliersi su se stessa, e dall'altra parte scola la marcia che sembra un corale da chiesa – scivolano via dandosi le spalle

– la nostalgia e il rito – un'emozione e l'altra – in testa
è come se diradassero le nubi di un miracolo – la dolcezza delle note che scivolano di nuovo lontano le une
dalle altre – il sollievo del commiato – questa, forse, è
poi la cosa più commovente di tutte – la filigrana del
commiato – se solo si sapesse sentirla sotto le dita – la
dolcezza che fila l'istante del commiato / È una specie
di grande semisfera di pietra, con un grande portale a
nord, e gallerie sopraelevate tutt'intorno – Niente vetro? – Vetrate, solo vetrate, una in fila all'altra – E perché ha vinto? – È forse importante sapere perché? / ed
è proprio mentre si allenta la morsa dell'emozione e si
allargano le maglie della calca – scende l'incantesimo
della lontananza – proprio nel cuore della fornace che
sfuma via le ceneri della tensione – è lì che Jun sente
battere il cazzo di Mormy, come un cuore ingolfato, sfinito, e poi il suo sperma scendere tra le dita, andarsene
dappertutto – la voglia esatta della mano di Jun e lo
stremato desiderio di Mormy, l'una e l'altro a discio-
gliersi in quel liquido felpato – alla fine c'è poi sempre
un mare dove sfociare, per qualsiasi fiume – la mano di
Jun che scivola via, lentissima – torna indietro per un
attimo – sparisce nel nulla / la gente è tornata pian piano ad accorgersi di sé – volti inebetiti recuperano la dignità – si cullano le orecchie nel misurato affievolirsi
delle note – lontano, questa è una parola bellissima – e
chi riapre gli occhi sente la sferzata del sole – mentre
continuano quelli a suonare, imperturbabili, e ad alli-
neare un passo dopo l'altro ognuno su un suo filo immaginario e rettilineo – il filo di qualcuno sfiorerà il
corpo disfatto di Ort, sparso per terra – è inevitabile,
da lì dovranno pur passare – ma nessuno si fermerà,
giusto forse una impercettibile deviazione, un attimo,
non di più, senza un tremore nelle note, nemmeno il riflesso di qualcosa – chi non lo capisce, questo, non capisce nulla – perché dove la vita brucia davvero la mor-

te è un niente – non c'è null'altro contro la morte – solo quello – far bruciare la vita davvero / il signor Rail e Hector Horeau seduti, a guardare lontano, in silenzio – dentro di loro il tempo / le due mani di Jun, una nell'altra, appoggiate sul vestito giallo – dentro di loro un segreto / pochi metri alla fine – non si sono spostati di un millimetro sfilando accanto a Ort – si china la danza che sembra una ninna nanna – si ritira la marcia che sembra un corale da chiesa – sfuma la nostalgia – svapora il rito – non c'è nessuno che osi fiatare – gli ultimi cinque passi – l'ultima nota – fine – fermi sul bordo estremo dell'ultima casa – come fosse un baratro – tacciono gli strumenti – non c'è un rumore, niente – nessuno oserà mai rompere l'incantesimo? – prima suonavano e adesso stanno immobili con le spalle alla città, e davanti l'infinito – come d'altronde tutti – l'infinito nella mente – perfino Ort ha l'infinito davanti, a modo suo – tutti – in quel momento e sempre.

Lì sta l'orribile e il meraviglioso.

Non sarebbe poi niente se solo non si avesse di fronte l'infinito.

... die uns beinah bestürzt,...

CINQUE

1

– SIGNORA RAIL, signora Rail... mi scusi... Signora Rail...
– Entra, Brath.
– Signora Rail, c'è una cosa...
– Parla, Brath.
– Mormy...
– Cosa c'è, Brath?
– Mormy... Mormy è morto...
– Cosa dici?
– Hanno ucciso Mormy.
– Cosa dici?
– L'hanno ucciso. Era lì, e l'hanno colpito in testa, tiravano dei sassi e uno l'ha colpito proprio in testa. È caduto giù come un sacco. Non respirava più.
– Cosa dici?
– C'erano quelli della ferrovia, gli operai, erano inferociti, gridavano contro di noi, erano in quaranta, forse di più, noi abbiamo cercato di fermarli ma erano in troppi, e allora siamo scappati... stavamo scappando quando hanno iniziato a tirarci addosso quelle dannate pietre, e io non so perché ma Mormy è rimasto indietro, io gli ho gridato di venir via, ma lui non sentiva, io non

so, è rimasto lì e alla fine un sasso l'ha colpito proprio in testa, è caduto giù di schianto, e tutti allora si sono fermati, ma era ormai troppo tardi, non c'era più niente da fare, non respirava, e aveva la testa tutta... era morto, insomma.

– Cosa dici?

– Volevano smontare la ferrovia, è per questo che siamo andati là, e alla fine abbiamo incominciato a darcele di santa ragione, ma quella è brutta gente e noi eravamo in pochi, così alla fine abbiamo dovuto tagliare la corda, e siamo scappati tutti, tranne Mormy... cioè, lui ha iniziato a correre insieme a noi, però a un certo punto s'è girato e s'è fermato, non so perché, e così era proprio lì in mezzo, immobile, quando quelli hanno iniziato a tirarci dietro quelle maledette pietre, sghignazzavano e ci tiravano dietro le pietre, ma così, per prenderci per il culo... solo che Mormy era rimasto proprio lì in mezzo, e li fissava, li fissava, forse anche quello li ha fatti incazzare, io non so, ma quel che ho visto è che a un certo punto è crollato a terra, una pietra l'aveva preso in pieno sulla testa, è crollato e quelli hanno smesso di ridere... e noi di correre. Siamo tornati indietro, ma non c'era più niente da fare, c'aveva la testa spappolata, sangue dappertutto, gli si era aperta la testa, io non so cos'avesse da guardare, perché s'è fermato lì, non sarebbe successo niente se fosse venuto via con noi...

– Cosa dici?

– Erano inferociti, quelli della ferrovia, perché sono mesi che non vedono una lira e allora si sono messi a smontare i binari, uno per uno, e hanno detto che non avrebbero smesso fino a che non arrivavano i soldi che gli spettavano, ed effettivamente si son messi lì a smontare uno ad uno i binari... e allora io gli ho detto che quando il signor Rail sarebbe tornato avrebbe sicuramente portato i soldi che aspettavano, ma loro non volevano saperne, non ci credevano più... noi non volevamo che smontassero il treno del signor Rail, così siamo andati laggiù per fermarli, in qualche modo, e non c'era bisogno che venisse anche Mormy ma lui voleva venire e gli altri dissero che uno in più ci avrebbe fatto comodo, e così venne anche lui. E quando siamo stati lì abbiamo provato a parlare e a convincerli, ma è brutta gente quella, io l'avevo anche detto al signor Rail, guardi che quelli vengono tutti dritti dritti dalla galera... non voleva sentirne parlare, lui... così sono volati un po' di insulti e poi non so com'è cominciata ma alla fine ci siamo trovati lì a darcele di santa ragione, noi ci eravamo portati qualche bastone, ma così, non proprio per usarli, giusto per non arrivare a mani vuote... ma quando io ho visto saltare fuori dei coltelli allora ho gridato a tutti di scappare, perché erano troppi, ed è gente brutta, quella, così abbiamo incominciato a correre, tutti tranne Mormy, che prima ha iniziato a correre anche lui, ma poi io non l'ho visto più e quando mi sono girato allora l'ho visto, lì in mezzo, che si era fermato, immobile e fissava quei delinquenti, io non so perché, sembrava incantato, non sentiva nulla, li fissava e basta, come una statua, che però a un certo punto è fracassata per terra... l'avevano preso giusto in testa e lui è crollato... all'indietro... come un fantoccio... allora ci siamo fermati tutti, noi ci siamo fermati e anche quella gente ha smesso di ridere, di parlare, un silenzio orrendo, non sapevamo cosa fare, e Mormy era là, per terra, non faceva un gesto, niente. E io son corso indietro, perché ho pensato che l'avevano ucciso, ed era proprio così, quei bastardi l'avevano ucciso... C'aveva la testa aperta in due, usciva sangue e altra roba, io volevo far qualcosa ma non si sapeva nemmeno dove toccare, non si riusciva nemmeno a trovare gli occhi, in tutto quel pasticcio, per guardarlo negli occhi e dirgli di tener duro, che ce l'avrebbe fatta, ma non c'erano più, gli occhi, non c'era più niente, non sapevi a cosa parlare, e allora io gli ho preso le mani, non mi è venuto in mente nient'altro, me ne son stato lì, a stringergli forte le mani, come uno stupido, a piangere come un bambino, io non so, è che era orribile, e poi per un'idiozia così... perché non è scappato, eh? cosa aveva visto per rimanere lì, immobile, a farsi ammazzare, cosa avrà mai visto, io non lo so, lui ti guardava sempre con quegli occhi pazzeschi, non ti guardava come lo fanno tutti gli altri, c'aveva un modo, lui... è possibile che proprio quello gli sia costato la vita? cos'aveva negli occhi per farsi ammazzare così? che diavolo cercava... che diavolo cercava...

Otto mesi dopo la festa di San Lorenzo, in un pomeriggio di gennaio, uccisero Mormy. Il signor Rail era via, nessuno sapeva dove. Jun era sola, quando seppellirono Mormy. E restò sola ancora giorni e giorni, fino a che non le arrivò un pacchetto con il suo nome scritto in nero sulla carta marrone. Tagliò lo spago che lo teneva insieme, aprì la carta marrone e sotto c'era una carta bianca. Aprì la carta bianca che avviluppava una carta rossa che impacchettava una scatola viola dove trovò una piccola scatola di panno giallo. La aprì. Dentro c'era un gioiello.

Allora Jun chiamò Brath e gli disse:

– Sta per tornare il signor Rail. Trova il modo di sapere quando arriverà e da dove. Voglio andargli incontro.

– Ma non è possibile, nessuno sa dov'è andato.

– Portami da lui, Brath. Più presto che puoi.

Due giorni dopo Jun si trovò seduta nella stazione ferroviaria di una città che nemmeno sapeva esistesse. Arrivavano treni, partivano treni. Ma lei se ne stava seduta, con gli occhi fissi per terra. Respirava quieta, sotto un velo di pazienza infinita. Passarono ore. Poi le si avvicinò un uomo che era il signor Rail.

– Jun, cosa fai qui?

Lei si alzò. Sembrava invecchiata di anni e anni. Ma sorrise, e disse piano

– Scusami, Dann. Ma dovevo chiederti una cosa.

Brath se ne stava qualche passo più indietro. Aveva il cuore che gli scoppiava dentro.

– Tu una volta mi hai detto che non moriremo mai, noi due. Era vero?

Andavano e venivano, i treni, come matti. E tutta la gente, a scendere e a salire, ognuno a cucire la sua storia, con l'ago della propria vita, lavoro maledetto e bello, compito infinito.

– Era vero, Jun. Te lo giuro.

Quando il signor Rail arrivò a casa, vi trovò un silenzio orrendo e un ospite indesiderato: l'ingegner Bonetti. Parlò molto, l'ingegnere, tornando continuamente su due espressioni che dovevano parergli risolutive: "spiacevole incidente" e "deprecabile ritardo dei pagamenti". Il signor Rail stette ad ascoltarlo per un po', sulla soglia, senza farlo entrare in casa. Poi, quando fu definitivamente sicuro che quell'uomo gli faceva schifo, lo interruppe e gli disse

– Voglio che i suoi uomini se ne vadano entro stasera. Tra un mese riceverà i suoi soldi. E adesso se ne vada.

L'ingegner Bonetti bofonchiò qualcosa, indispettito.

– E un'altra cosa. C'era una quarantina di uomini, quel giorno, laggiù. E uno di loro aveva molta mira o molta sfortuna. Se lei lo conosce gli dica che qui tutti l'hanno perdonato. Ma gli dica anche questo: che la pagherà. Gli è andata male, e la pagherà.

– Le posso assicurare, signor Rail, che non potrei mai farmi latore di un simile barbaro messaggio perché come le ho detto non sono assolutamente a conoscenza di chi mai...

– Sparisca. Lei puzza di morte.

Il giorno dopo, il cantiere era deserto. Tutti spariti. C'erano nove chilometri e quattrocentosette metri di binari davanti agli occhi di Elisabeth. Immobili. Muti. Finivano in un prato qualunque, in mezzo all'erba. Fu lì che arrivò, il signor Rail, dopo aver camminato da solo, sotto una pioggia finissima, passo dopo passo, per ore. Si sedette sull'ultimo pezzo di rotaia. A guardarsi intorno non c'erano che prati e colline, tutto annegato in quell'acqua grigia che scivolava da su. Potevi girarti da qualsiasi parte ma tutto sembrava maledettamente uguale. Niente che parlasse, o ti guardasse. Un deserto marcio, senza parole e senza direzioni. Continuava a guardarsi intorno, il signor Rail, ma non c'era verso di venirne a capo. Proprio non riusciva a capirlo. Niente da fare. Non riusciva proprio a scoprirlo. Da che parte era la vita.

2

Il signor Rail e Hector Horeau, uno seduto di fronte all'altro, nel cuore dell'inverno, nel cuore della grande casa: silenziosa. Non si erano mai più visti. Anni. Poi Horeau è arrivato.

– Non c'era neve, a Parigi.

– È pieno di neve, qui.

Uno di fronte all'altro. Grandi sedie di vimini. Respirano il silenzio, senza cercare parole. Essere lì, già quello è un gesto. Ha la sua bellezza. Minuti dopo minuti, forse un'ora, così. Poi, quasi impercettibilmente, inizia a scivolare, la voce di Hector Horeau.

– Credevano che non sarebbe stato su. Quando arriverà la folla all'inaugurazione, migliaia e migliaia di persone, si piegherà come se fosse fatto di carta, e in fondo è fatto di carta, anzi peggio, di vetro. Così dicevano. Cadrà quando appoggeranno il primo di quegli enormi archi di ferro, lo appoggeranno e verrà giù tutto, scrivevano gli esperti. Arriva quel giorno, e c'è un bel po' di città venuto apposta lì per vedere crollare tutto. Sono enormi quegli archi di ferro, i costoloni che terranno su il transetto, ci vogliono decine di argani e carrucole per alzarli, lentamente, devono salire fino a venticinque metri di altezza e poi appoggiarsi sulle colonne che partono da terra. Ci vuole almeno un centinaio di uomini. Lavorano sotto gli occhi di tutti. Tutti lì ad aspettare la catastrofe. Ci mettono un'ora. Quando alla fine manca un niente al momento cruciale qualcuno non ce la fa, e abbassa gli occhi, non vuole vedere, e dunque non li vedrà, gli immani archi di ferro, scendere dolcemente e posarsi sulle colonne, come uccelli giganteschi migrati da lontano per riposarsi lì. Adesso applaude, la gente. Dice io l'avevo detto. Poi torna a casa e racconta, e i bambini stanno lì, con gli occhi spalancati, a sentire. Mi porti un giorno a vedere il Crystal Palace? Sì, ti porterò un giorno, adesso dormi.

Il signor Rail ha preso in mano un libro nuovo e taglia le pagine, una ad una, con un tagliacarte d'argento. Libera le pagine una ad una. Come se infilasse perle in un filo, una dopo l'altra. Horeau si tormenta le mani e guarda di fronte a sé.

– Trecento soldati del Corp of Royal Sappers. Li comanda un uomo sulla cinquantina, con una voce stridula e grandi baffi bianchi. Non credevano che sarebbero state su, le gallerie sopraelevate, sotto il peso di tutta la gente e la roba che sarebbe arrivata per l'Esposizione Universale: e così hanno chiamato i soldati. Tutti ragazzi, chissà se hanno paura. Li vogliono far salire là sopra e marciare sulle assi di legno che secondo tutti dovrebbero crollare. Salgono camminando sulle passerelle, in fila per due. Una processione che non finisce più. Chissà se hanno paura. Alla fine li schierano là sopra, come se fosse una parata, hanno perfino i fucili, ognuno il suo, e uno zaino pieno di pietre. Gli operai guardano, da giù, e pensano che buffa guerra. L'uomo coi baffi bianchi grida un ordine e i soldati si irrigidiscono. Un altro grido e iniziano a marciare, allineati perfettamente, implacabili. A ogni passo potrebbe schiantare tutto, ma su quelle trecento facce non c'è scritto niente, paura, stupore, niente. Perfettamente addestrati a marciare incontro alla morte.

Uno spettacolo. A vederlo da lontano sembrerebbe una guerra chiusa in una bottiglia, un lavoro di fino, altroché velieri o roba del genere. Una guerra infilata in una grande bottiglia di vetro. Il frastuono ritmico dei passi rimbalza sulle pareti di vetro, torna indietro, gira nell'aria. C'è uno degli operai che ha un'armonica in tasca. La tira fuori e inizia a suonare *God save the Queen* a ritmo con quella marcia senza senso. Non schianterà niente, arriveranno in fondo vivi. È bello il suono dell'armonica. Arrivano fino in fondo alla galleria e lì si fermano. Li ferma un grido dell'uomo con i baffi bianchi. Un altro li fa voltare. Ripartiranno, una seconda volta e poi una terza. Non si sa mai. Avanti e indietro, a dieci metri da terra, su un pavimento di legno che non crollerà. Buffa storia. Anche questa finirà sui giornali. Come l'altra, quella dei passeri. Arrivò un immenso stormo di passeri e si fermò sulle travi del Crystal Palace. Migliaia di passeri, non si poteva più lavorare. Si godevano il tepore dietro ai vetri che erano stati già montati. Non c'era verso di farli andare via. Un perenne frastuono, e poi quel continuo, pazzesco volare dappertutto, ti scompigliava la testa. Spargli non si poteva, con tutto quel vetro intorno. Provarono con i veleni ma quelli non ci cascavano. Si fermò tutto, mancavano due mesi all'inaugurazione e si dovette fermare tutto. Era ridicolo, ma non ci si poteva far nulla. Ognuno, ovviamente, diceva la sua, ma non c'era un sistema che funzionasse, non uno. E sarebbe andato tutto al diavolo se la regina non avesse detto chiamate il duca di Wellington. Lui. Arrivò un mattino, nel cantiere, e stette un po' a osservare le migliaia di passeri che se la godevano dietro i vetri e nel cielo. Guardò e poi disse: "Un falco. Portate un falco". Non disse altro e se ne andò.

Il signor Rail tagliava le pagine del suo libro, una ad una. Pagina 26. E ascoltava.

– Indescrivibile. La gente torna a casa, dopo aver visto il Crystal Palace e dice: indescrivibile. Bisogna esserci stati. Ma com'è? È vero che ci fa un caldo cane? No, non è vero. E come avranno fatto? Non so. È vero che c'è un organo enorme? Ce n'è due, di organi. Ce n'è tre. Ho sentito suonare i tre organi del Crystal Palace: indescrivibile. Hanno colorato tutti i pilastri di ferro, rossi, blu, gialli. E i vetri, dimmi dei vetri. È tutto di vetro, come una serra, ma mille volte più grande. Tu stai dentro ed è come star fuori, però sei dentro. Non c'è bisogno di spiegare niente, alla gente, la gente lo sa che quella è una magia. Arriva da fuori camminando, e già ha capito, non appena lo vede da lontano, che una cosa del genere nessuno l'ha mai vista. E mentre si avvicina immagina. Tutto un mondo fatto di vetro. Sarebbe tutto così più leggero. Anche le parole, e gli orrori, e perfino morire. Una vita trasparente. E poi morire con gli occhi che possono guardare lontano, e spiare l'infinito. Non c'è bisogno di spiegarle, queste cose, alla gente. La gente le sa. Anche per questo, quando l'Esposizione Universale finì, nessuno pensò che davvero il Crystal Palace potesse finire lì, per sempre. Gli era rimasto appiccicato addosso lo stupore di così tanti occhi, e le fantasie di uomini a migliaia. Così lo smonteremo pezzo dopo pezzo, l'immane palazzo di vetro, e lo rimonteremo fuori città, con intorno chilometri di giardini, e poi laghi e fontane e labirinti. Si faranno i fuochi d'artificio, la notte. E di giorno enormi concerti, o spettacoli meravigliosi, e corse di cavalli, battaglie di navi, cose di acrobati, di elefanti, di mostri. È già tutto preparato. Lo smonteremo in un mese e lo rimonteremo laggiù. Identico. O magari ancora più grande. E la gente dirà: domani andiamo al Crystal Palace. Tutte le volte che vorrà potrà andare laggiù e sognare quel che gli pare. Ogni tanto pioverà e la gente dirà: andiamo a sentire la pioggia che batte sul Crystal Palace. E a centinaia si troveranno sotto tutto quel vetro, parlando sottovoce, come pesci in un acquario, a sentire la pioggia. Il rumore che fa.

Il signor Rail aveva smesso di tagliare a pagina 46. Era un libro che parlava di fontane. C'erano anche i disegni. E certi meccanismi idraulici da non crederci. Aveva posato il tagliacarte sul bracciolo della grande sedia di vimini. Guardava Hector Horeau. Lo guardava.

– Un giorno mi arriva una lettera e dentro c'è scritto Voglio conoscere l'uomo che ha immaginato il Crystal Palace. Calligrafia femminile. Una firma, Rebecca. Poi ne arriva un'altra, e un'altra ancora. Così finisce che ci vado, all'appuntamento, alle cinque, proprio nel punto centrale del nuovo Crystal Palace, quello che abbiamo ricostruito in mezzo a chilometri di giardini e laghi e fontane e labirinti. Rebecca ha una pelle bianchissima, quasi trasparente. Passeggiamo in mezzo alle grandi piante equatoriali e ai manifesti del prossimo incontro di boxe tra Robert Dander e Pott Bull, la sfida dell'anno, biglietti in vendita all'ingresso est, prezzi popolari. Sono io quello che ha immaginato il Crystal Palace. Io sono Rebecca. La gente, intorno, va avanti e indietro, si siede, chiacchiera. Rebecca dice Ho sposato un uomo meraviglioso, fa il medico, un mese fa è scomparso, senza dirmi nulla, senza lasciare una riga, niente. Lui aveva un hobby un po' particolare, praticamente era una mania, ci lavorava da anni: scriveva una enciclopedia immaginaria. Voglio dire che inventava personaggi famosi, che so, artisti, scienziati, politici, e scriveva la loro biografia e ciò che avevano fatto. Migliaia di nomi, lei ci può anche non credere, ma era così. Andava in ordine alfabetico, era partito dalla A e prima o poi sarebbe arrivato alla zeta. Aveva decine di quaderni pieni. Lui non voleva che io li leggessi, ma quand'è sparito allora ho preso l'ultimo quaderno e l'ho aperto là dove si era fermato. Era arrivato alla H. L'ultimo nome era Hector Horeau. C'era la sua storia e poi tutta la faccenda del Crystal Palace, fino alla fine. Fine? Quale fine? Fino alla fine, disse Rebecca. Ed è così che ho saputo come sarebbe finito il Crystal

199

Palace, dalla voce di quella donna che camminava con infinita eleganza e aveva la pelle bianchissima, quasi trasparente. Io le chiesi Quale fine? E lei me la raccontò.

Il signor Rail stava lì, immobile, a guardarlo. Aveva posato per terra il suo libro sulle fontane e rigirava tra le mani il tagliacarte d'argento, facendo scorrere le dita sulla lama senza punta, senza filo. Una specie di pugnale vigliacco. Per assassini stanchi. Hector Horeau guardava davanti a sé e parlava con dolce imperturbabilità.

– C'erano otto musicisti che provavano. Era sera tardi, e c'erano solo loro, nel Crystal Palace, loro e qualche sorvegliante. Provavano per il concerto del sabato. Sembrava piccolissima, quella musica, persa in mezzo a quell'enormità di ferro e vetro. Sembrava suonassero un segreto. Poi una tenda di velluto prese fuoco, nessuno ha mai saputo dire perché. Il violoncellista vide con la coda dell'occhio quella strana fiaccola accendersi all'altro capo del palazzo e alzò l'archetto dalle corde. Smisero di suonare, uno ad uno, senza dire una parola. Non sapevano bene cosa fare. Sembrava una cosa da nulla. Due sorveglianti erano corsi immediatamente e si davano da fare per far cadere a terra la tenda. Si muovevano veloci, nelle lingue di luce che le fiamme gettavano tutt'intorno. Il violoncellista prese dal leggio gli spartiti. Disse Forse bisognerà chiamare qualcuno. Uno dei violinisti disse Io da qui me ne vado. Rinfilarono gli strumenti nelle loro custodie e se ne uscirono alla spicciolata. Qualcuno restò indietro a guardare le fiamme che si alzavano sempre più alte. Poi fu un attimo: un'aiuola di cespugli, a pochi passi dalla tenda, si accese come un lampo e iniziò a crepitare con ferocia fino a lambire il lampadario a petrolio che pendeva dal soffitto e che cadde con uno schianto così che in un attimo il fuoco parve dilagare tutt'intorno come un groviglio di ruscelli in fiamme lanciato all'impazzata contro ogni altra cosa, in un contagio fulmineo di fuoco e luce e fumo e rovente distruzione. Uno spettacolo. Le fiamme si divorarono in una manciata di minuti quintali di cose. Da fuori il Crystal Palace incominciò a sembrare un'enorme lampada accesa da una mano gigante. In città ci fu chi si avvicinò alla finestra e disse Cos'è quella luce? Un sordo rumore iniziava a scendere giù dai sentieri del parco e ad arrivare alle prime case. Arrivarono decine di persone, e poi centinaia, e poi migliaia. Ad aiutare, a vedere, a gridare, tutte con la testa all'insù a guardare quello spropositato fuoco d'artificio. Gettavano acqua a barili, si intende, ma niente poteva fermare quella invasione di fuoco. Tutti dicevano Resisterà, perché non poteva andarsene così un sogno come quello. Tutti pensarono Resisterà, e tutti, proprio tutti, si chiesero Come può andare a fuoco una cosa di ferro e di vetro?, già, com'è mai possibile una cosa del genere, non brucia il ferro, non brucia il vetro eppure lì le fiamme si stanno ingoiando tutto, proprio tutto, c'è qualcosa sotto, non è possibile. Non ha senso. E in effetti non aveva senso, proprio nessun senso, eppure, quando la temperatura dentro divenne pazzesca esplose la prima lastra di vetro, che nessuno quasi se ne accorse, non era che una, tra le migliaia, come fosse una lacrima, nessuno la vide, ma il segnale era quello, il segno della fine, e così fu infatti, come tutti capirono quando una dopo l'altra incominciarono a esplodere tutte le lastre di vetro, letteralmente scoppiare in pezzi, schiocchi come frustate, seminati nel gran crepitare dell'immenso incendio, volava vetro dappertutto, una cosa incantevole, un'emozione che ti inchiodava lì, nella notte illuminata a giorno, con negli occhi lo sprizzare di vetri dappertutto, tragica festa, uno spettacolo da scoppiare a piangere, lì, su due piedi, senza sapere bene perché. Scoppiano i diecimila occhi del Crystal Palace. Ecco perché. E allora fu la fine, solo più un gigantesco rogo che continuò a macinare emozioni per tutta la notte, se ne andava il Crystal Palace, a poco a poco, in quel modo assurdo, ma alla grande, questo bisogna ammetterlo, alla grande. Si fece consumare a poco a poco, senza quasi resistere, e alla fine si piegò in due, vinto per sempre, gli si ruppe in due la spina dorsale, schiantata ferocemente, la grande trave di ferro che lo percorreva tutto, dall'inizio alla fine, si spezzò dopo aver resistito per ore, sfinita, si squarciò con un boato tremendo che più nessuno dimenticherà, lo sentirono anche a chilometri di distanza, come se fosse scoppiata una bomba immensa, a sfracellare la notte tutt'intorno, e il sonno di chiunque, Mamma, cos'è stato?, Non so, Ho paura, Non aver paura, torna a dormire, Ma cosa è stato? Non lo so, bambino mio, sarà caduto qualcosa, è caduto il Crystal Palace, questa è la verità, è crollato in ginocchio e si è arreso, sfumato per sempre, sparito, svanito, e basta, è andata così, è finito tutto, questa volta per sempre, finito, nel nulla, per sempre. Chiunque sia stato a sognarlo, adesso s'è svegliato.

Silenzio.

Il signor Rail ha abbassato gli occhi. Si tortura il palmo di una mano con la punta arrotondata del tagliacarte d'argento. Sembra che ci scriva qualcosa. Una lettera dopo l'altra. Lettere come geroglifici. Sulla pelle rimangono segni che poi scompaiono come lettere magiche. Scrive e scrive e scrive e scrive e scrive. Non c'è un rumore, una voce, niente. Passa un tempo infinito.

Poi il signor Rail posa il tagliacarte e dice

– Un giorno... un po' di giorni prima che morisse... io ho visto Mormy... io ho visto mio figlio Mormy fare l'amore con Jun.

Silenzio.

– Lei stava sopra di lui... si muoveva lentamente ed era bellissima.

Silenzio.

Il giorno dopo Hector Horeau partì. Il signor Rail gli regalò un tagliacarte d'argento. Non si sarebbero mai più visti.

3

Diavolo di un Pekisch,
come devo dirtelo che la devi smettere di mandarmi le tue
lettere dal signor Ives? Te l'ho scritto e riscritto che non abi-
to più lì. Io mi sono sposato, Pekisch, lo vuoi capire? Ho
una moglie, avrò presto un figlio, se Dio lo vorrà. E soprat-
tutto NON STO PIÙ DAL SIGNOR IVES. Il papà di Dora ci ha
regalato una casetta di un piano ed è lì che vorrei ricevere le
tue lettere, visto che l'indirizzo te l'ho già dato cento volte.
Voglio dire: il signor Ives incomincia a spazientirsi. E inol-
tre abita dall'altra parte della città. Mi tocca ogni volta fare
un viaggio della madonna. E poi lo so perché tu ti ostini a
mandarle là, e a dirla tutta, è proprio questo che mi fa im-
pazzire, perché poi il viaggio lo posso benissimo fare, e il si-
gnor Ives è in fondo un uomo molto paziente, ma la que-
stione vera è che tu ti ostini a non voler pensare che io sto
qua e non sono più...

... un vento pazzesco che ha scompigliato tutto, teste
comprese, nel senso dei pensieri, non delle teste quelle che
stanno sulle spalle. E poi basta. In un certo senso, a ben
pensarci, è stupido che non si sia mai pensato al vento per

trasportare la musica da un paese all'altro. Si potrebbero facilmente costruire dei mulini che con qualche modifica potrebbero filtrare il vento e raccogliere i suoni che porta dentro in un apposito strumento che poi li farebbe sentire alla gente. Gliel'ho detto, a Caspar. Ma lui dice che col mulino ci fa la farina. Non ha poesia nella testa, Caspar. È un bravo ragazzo, ma gli manca la poesia.

Va be'.

Non rimbecillire, gira alla larga dai ricchi e non dimenticare il tuo vecchio amico

Pekisch

P.S. Mi ha scritto il signor Ives. Dice che non stai più da lui. Non per sapere i fatti tuoi, ma cos'è 'sta storia?

... meravigliosa, davvero meravigliosa. Io nemmeno mi immaginavo come potesse essere, e adesso sto lì a guardarlo, per ore e non mi sembra vero che quella roba così piccola sia mio figlio, è da non crederci, l'ho fatto io. E Dora, si capisce. Comunque c'entro anch'io. E quando diventerà grande? Bisognerà raccontargli qualcosa a questo bambino. Ma da dove bisogna partire? Di', Pekisch, cosa bisogna raccontargli, la prima volta che gli si racconta qualcosa? Proprio la prima cosa: di tutte le storie che ci sono, ce ne sarà una che va bene per esser la prima storia che gli toccherà sentire. Ce ne sarà una, ma quale?

Sono felice e non capisco più niente.

Neppure per un attimo però smetto di essere il tuo

Pehnt

Ascoltami bene, Pehnt,
io posso anche sopportare l'idea, in sé ridicola, che tu ti sia

sposato la figlia del più ricco assicuratore della capitale. Posso anche sopportare l'idea che in conseguenza di questo gesto spiritoso e secondo una logica che giudico desolante tu ti sia messo a fare l'assicuratore. Posso anche, se proprio ci tieni, prender atto che sei riuscito a mettere al mondo un bambino, cosa che ineluttabilmente ti porterà a metter su famiglia e dunque, in un lasso di tempo ragionevole, a inebetire. Ma quel che proprio non posso permetterti è di dare a quella povera creatura il nome di Pekisch, e cioè il mio. Che razza di idea ti è venuta in testa? Quel poveretto avrà già abbastanza grane senza che ti ci metta anche tu a complicargli la vita con un nome ridicolo. E poi non è neanche un nome. Un nome vero, dico. Io non son mica nato che mi chiamavo Pekisch. È successo dopo. Se proprio la vuoi sapere tutta, io un nome ce l'avevo, prima di quel giorno maledetto in cui arrivò Kerr con la sua banda. È lì che ho perso tutto, e anche il nome. Così è successo che mentre scappavo, ed ero in una città che non mi ricordo nemmeno più dove fosse, son finito in una stanza orrenda con una puttanella da quattro soldi, e lei si è seduta sul letto e mi ha detto, Io mi chiamo Franny e tu? Che ne sapevo, io. Stavo togliendomi i pantaloni. Le ho detto: Pekisch. L'avevo sentito da qualche parte, ma chi si ricordava dove. Mi è venuto da dirle: Pekisch. E lei: Che strano nome. Lo vedi: l'aveva capito perfino lei, che era un nome delle balle, e tu lo vuoi dare a quella povera creatura. Ti rendi conto che quello finisce dritto dritto a fare l'assicuratore? Ti pare che uno possa fare l'assicuratore con un nome come Pekisch? Lascia perdere. La signora Abegg dice che andrebbe benissimo Charlus. A me sembra che non abbia dimostrato di portare una gran fortuna, come nome, ma comunque... Magari potrebbe bastare un semplice Bill. La gente si fida di quelli che si chiamano Bill. È un buon nome per un assicuratore. Pensaci.

E poi Pekisch sono io. Che c'entra lui?

Pekisch sr.

P.S. Il signor Rail dice che non vuole assicurare la ferrovia perché la ferrovia non esiste più. È una storia lunga. Poi un giorno ti racconto.

Molto venerabile, e pregiato signor e professor Pekisch, vi saremo grati se ci facesse capire cosa diavolo è successo di così grave da impedirvi di prendere la vostra stimatissima penna in mano e farci avere vostre notizie. Inoltre non è certo carino da parte vostra ostinarvi a rimandarci indietro, intonso, il modesto frutto del nostro lavoro di mesi, e cioè l'umilissimo Manuale del perfetto assicuratore, *che oltre ad essere a voi dedicato, potrebbe non essere del tutto inutile per la vostra cultura generale. Forse che l'aria di Quinnipak vi sta facendo arrugginire l'affetto che un giorno nutrivate per il vostro devotissimo amico, che mai potrà scordarvi e che si chiama*

Pehnt?

P.S. *Saluti da Bill.*

... specialmente là dove si tratta, nel capitolo XVII, del ruolo determinante che assume l'uso delle sovrascarpe ai fini del decoro che "inappellabilmente" deve contraddistinguere il vero assicuratore. Vi assicuro che pagine come quelle restituiscono la fiducia nella capacità della nostra amata nazione di partorire ineguagliabili scrittori umoristici. Non sottovaluto certo l'ironia incomparabile dei paragrafi dedicati alla dieta del perfetto assicuratore e agli avverbi che il medesimo non dovrebbe mai usare al cospetto dello stimato cliente (il quale, vedo confermato nel vostro testo, ha sempre ragione). Né mi permetterei mai di negare la resa drammatica delle pagine in cui voi, con penna magistrale, riassumete i rischi legati all'assicurazione di navi che trasportano polvere da sparo. Ma mi si consenta di ripetervi che niente

riesce a eguagliare la plastica comicità delle righe dedicate alle citate sovrascarpe. In omaggio ad esse, sto incominciando a prendere seriamente in esame la possibilità di valermi dei vostri servizi, affidando alla incontestabile serietà della vostra Casa Assicuratrice ciò che nella vita ho di più caro e che, in definitiva, è l'unica cosa che veramente posseggo: le mie orecchie. Voi credete di potermi inviare una bozza di polizza contro i rischi di sordità, mutilazioni, lesioni permanenti e casuali smarrimenti? Prenderei anche in esame, vista la mia discutibile disponibilità economica, l'eventualità di assicurare uno solo dei due orecchi. Preferibilmente il destro. Vedete voi cosa è possibile fare. Vogliate ricevere ancora le mie più sentite congratulazioni e abbiate la compiacenza di credermi l'infinitamente vostro

Pekisch

P.S. Ho smarrito un amico che si chiamava Pehnt. Era un ragazzo intelligente. Ne sapete mica qualcosa?

Vecchio, benedetto, Pekisch,
questo non me lo devi fare. Non me lo merito. Io mi chiamo Pehnt, e sono ancora quello che se ne stava sdraiato per terra a sentire la voce nei tubi, come se quella arrivasse davvero, e invece non arrivava. Non è mai arrivata. E io adesso sono qui. Ho una famiglia, ho un lavoro e la sera vado a letto presto. Il martedì vado a sentire i concerti che danno alla Sala Trater e ascolto musiche che a Quinnipak non esistono: Mozart, Beethoven, Chopin. Sono normali eppure sono belle. Ho degli amici con cui gioco a carte, parlo di politica fumando il sigaro e la domenica vado in campagna. Amo mia moglie, che è una donna intelligente e bella. Mi piace tornare a casa e trovarla lì, qualsiasi cosa sia successa nel mondo quel giorno. Mi piace dormire vicino a lei e mi piace svegliarmi insieme a lei. Ho un figlio e lo amo anche

se tutto fa supporre che da grande farà l'assicuratore. Spero che lo farà bene e che sarà un uomo giusto. La sera vado a letto e mi addormento. E tu mi hai insegnato che questo vuol dire che sono in pace con me stesso. Non c'è altro. Questa è la mia vita. Io lo so che non ti piace, ma non voglio che tu me lo scriva. Perché voglio continuare ad andare a letto, la sera, e addormentarmi.

Ognuno ha il mondo che si merita. Io forse ho capito che il mio è questo qua. Ha di strano che è normale. Mai visto niente del genere, a Quinnipak. Ma forse proprio per questo, io ci sto bene. A Quinnipak si ha negli occhi l'infinito. Qui, quando proprio guardi lontano, guardi negli occhi di tuo figlio. Ed è diverso.

Non so come fartelo capire, ma qui si vive al riparo. E non è una cosa spregevole. È bello. E poi chi l'ha detto che si deve proprio vivere allo scoperto, sempre sporti sul cornicione delle cose, a cercare l'impossibile, a spiare tutte le scappatoie per sgusciare via dalla realtà? È proprio obbligatorio essere eccezionali?

Io non lo so. Ma mi tengo stretta questa vita mia e non mi vergogno di niente: nemmeno delle mie soprascarpe. C'è una dignità immensa, nella gente, quando si porta addosso le proprie paure, senza barare, come medaglie della propria mediocrità. E io sono uno di quelli.

Si guardava sempre l'infinito, a Quinnipak, insieme a te. Ma qui non c'è l'infinito. E così guardiamo le cose, e questo ci basta. Ogni tanto, nei momenti più impensati, siamo felici.

Andrò a letto, questa sera, e non mi addormenterò. Colpa tua, vecchio, maledetto Pekisch.

Ti abbraccio. Dio sa quanto ti abbraccio.

Pehnt, assicuratore.

4

Accadono cose che sono come domande. Passa un minuto, oppure anni, e poi la vita risponde. La storia di Morivar era una di quelle cose lì.

Quando il signor Rail era poco più che un ragazzo, andò un giorno a Morivar, perché a Morivar c'era il mare.
E fu lì che vide Jun.
E pensò: io vivrò con lei.
Jun era in mezzo ad altra gente. Aspettavano di imbarcarsi su una nave che si chiamava *Adel*. Bagagli, bambini, urla e silenzi. Il cielo era terso e si annunciava tempesta. Stranezze.
– Io mi chiamo Dann Rail.
– E allora?
– No, niente, volevo dire che... stai per partire?
– Sì.
– Dove vai?
– E tu?
– Io da nessuna parte. Io non parto.
– E cosa fai qui?

– Sono venuto a prendere qualcuno.

– Chi?

– Te.

/ Dovevi vederla, Andersson, era di una bellezza... Aveva una sola valigia, posata per terra, e in mano un pacco che teneva stretto, che non mollava mai, quel giorno non lo mollò mai un attimo. Non voleva andarsene da lì, voleva salire su quella nave, e allora io le chiesi "Tornerai?" e lei rispose "No". E io dissi "Allora non credo ti convenga partire davvero", così le dissi. "E perché?" Mi chiese, "E perché?" /

– Perché se no come farai a vivere con me?

/ E allora lei rise, era la prima volta che la vedevo ridere, e tu lo sai bene, Andersson, com'è Jun quando ride, non è che uno può star lì e far finta di niente, se c'è Jun che gli ride lì davanti è chiaro che uno finisce per pensare se io non bacio questa donna impazzirò. E io pensai: se non bacio questa ragazza impazzirò. Ovviamente non era esattamente quello che pensava anche lei, ma quel che è importante è che rise, giuro, lei era lì, in mezzo a tutta quella gente, con il suo pacco stretto tra le braccia, e rise /

Mancavano ancora due ore alla partenza della *Adel*. Il signor Rail comunicò a Jun che se lei non fosse andata a bere qualcosa con lui, lui si sarebbe legato un grosso sasso al collo, si sarebbe buttato nell'acqua del porto, e il grosso sasso, sprofondando nell'acqua, avrebbe squarciato la chiglia della *Adel* che sarebbe sprofondata urtando la nave vicina la quale, avendo la stiva piena di polvere da sparo, sarebbe esplosa con terrificante fragore sollevando fiammate alte decine di metri che in poco tempo...

– Va bene, va bene, prima che vada a fuoco il paese andiamo a bere qualcosa, d'accordo?

Lui prese la valigia, lei si tenne stretto il suo pacco. La taverna era a un centinaio di metri da lì. Si chiamava "Domineiddio". Non era un nome da taverna.

Il signor Rail aveva due ore di tempo, anche qualcosa di meno. Sapeva dove voleva arrivare, ma non sapeva da dove partire. Lo salvò una frase che un giorno gli aveva detto Andersson, e che per anni era stata lì ad aspettare il suo momento. Era arrivato, il suo momento. "E se proprio vedi che non c'è niente da fare, allora incomincia a raccontare del vetro. Le storie che ti ho raccontato io. Vedrai che ci casca. Nessuna donna può veramente resistere a quelle storie lì."

/ Io non ho mai detto una fesseria del genere, Certo che l'avevi detta, Impossibile, Quel che ti manca è la memoria, caro Andersson, Quello che non ti manca è la fantasia, caro signor Rail/

Per due ore il signor Rail raccontò a Jun del vetro. Inventò quasi tutto. Ma alcune cose erano vere. E bellissime. Jun ascoltava. Come se le stessero parlando della luna. Poi un uomo entrò nella taverna e gridò che la *Adel* stava per salpare. Gente che si alza, voci gettate da una parte all'altra, ondeggiare di pacchi e bagagli, bambini che piangono. Jun si alza. Prende la sua roba, si gira e va verso la porta. Il signor Rail lascia dei soldi sul tavolo e le corre dietro. Jun cammina svelta verso la nave. Il signor Rail le corre dietro e pensa Una frase, devo assolutamente trovare la frase giusta. Ma è lei che la trova. Si ferma di colpo. Posa la valigia per terra, si gira verso il signor Rail e sussurra

– Ne hai altre, di storie?... di storie come quella del vetro.

– Un mucchio.

– Ne hai una lunga come una notte?

/ Così non ci salì, su quella nave. E rimanemmo tutti e due laggiù, a Morivar. Ci volevano sette giorni prima che ne partisse un'altra. Passarono in fretta. E poi ne passarono altri sette. La nave quella volta si chiamava Esther. Jun ci voleva proprio salire. Diceva che doveva proprio salirci. Era per quel pacco, capisci? Disse che doveva portarlo lag-

*giù, non so nemmeno dove fosse, laggiù, non me l'ha mai
detto. Ma è là che deve portarlo. A qualcuno, credo. Non
mi ha mai voluto dire a chi. Lo so che è una storia strana
ma è così. Laggiù c'è qualcuno e un giorno Jun arriverà davanti a lui e gli poserà quel pacco tra le mani. In quei giorni
che eravamo a Morivar, una volta me lo fece vedere. Aprì
la carta e dentro c'era un libro, tutto scritto con una grafia
piccolissima, rilegato in blu. Un libro, capisci? Solo un libro /*

    – L'hai scritto tu?

    – No.

    – E cosa dice?

    – Non lo so.

    – Non l'hai letto?

    – No.

    – E perché?

    – Un giorno magari lo leggerò. Ma prima devo por-
tarlo laggiù.

*/ Sant'Iddio, Andersson, in non so come bisogna fare
nella vita, ma lei quel libro lo deve portare laggiù e io... io
sono riuscito a non farla salire su quella nave che si chiamava Esther, io sono riuscito a portarla qui, e ogni settimana
c'è una nave che parte senza di lei, ormai da anni. Ma non
riuscirò per sempre a tenerla qui, gliel'ho promesso, un giorno lei si alzerà, prenderà quel suo maledettissimo libro e se
ne tornerà a Morivar: e io la lascerò andare. Gliel'ho promesso. Non fare quella faccia, Andersson, lo so anch'io che
sembra un'assurdità, ma è così. Prima di me c'è arrivato
quel libro, nella sua vita, e io non ci posso fare niente. Sta
lì, a metà strada, quel maledetto libro, e non potrà stare lì
per sempre. Un giorno ripiglierà il suo viaggio. E Jun è quel
viaggio. Lo capisci? Tutto il resto, Quinnipak, questa casa,
il vetro, tu, Mormy e perfino io, tutto il resto non è che una
grande fermata imprevista. Miracolosamente, da anni, il
suo destino trattiene il fiato. Ma un giorno tornerà a respirare. E lei se ne andrà. Non è nemmeno così orribile come*

sembra. Sai, ogni tanto penso... forse Jun è così bella perché ha addosso il suo destino, limpido e semplice. Dev'essere una cosa che ti rende speciale. Lei ce l'ha. Di quel giorno, sul molo di Morivar, io non dimenticherò mai due cose: le sue labbra, e come stringeva quel pacco. Adesso so che stringeva il suo destino. Non lo mollerà solo perché mi ama. E io non glielo ruberò solo perché la amo. Gliel'ho promesso. È un segreto e non lo devi dire a nessuno. Ma è così /

– Mi lascerai partire, quel giorno?

– Sì.

– Davvero, signor Rail?

– Davvero.

– E fino ad allora non parleremo mai più di questa storia, proprio mai?

– No, se non vuoi.

– Allora portami a vivere con te. Ti prego.

È per questo che un giorno, da Morivar, arrivò il signor Rail, e insieme a lui c'era una ragazza così bella come a Quinnipak non se n'erano mai viste. È per questo che si amarono, quei due, in quel modo strambo, che a vederlo sembrava impossibile, e però era bello, che se solo si potesse imparare... Ed è per questo che per giorni e giorni, trentadue anni dopo, il signor Rail fece finta di non vedere i minuscoli preparativi che sgusciavano via dai gesti di Jun, fino a che proprio non poté più resistere e dopo aver spento la lampada, quella notte, lasciò scivolare qualche istante di nulla, poi chiuse gli occhi e invece di dire

– Buona notte

disse

– Quando parti?

– Domani.

Accadono cose che sono come domande. Passa un minuto, oppure anni, e poi la vita risponde. Ne passarono trentadue, di anni, prima che Jun riprendesse la sua valigia, si stringesse addosso il suo pacco, e uscisse dalla porta della casa del signor Rail. Mattino presto. L'aria sciacquata dalla notte. Pochi rumori. In giro, nessuno. Jun scende il sentiero che porta alla strada. C'è il calesse di Arold che l'aspetta. Passa tutti i giorni, lui, da lì. Non gli importa di farlo un po' più presto del solito, quel giorno. Grazie, Arold. Grazie di che? Il calesse parte. Macina la strada a poco a poco. Non tornerà indietro. Qualcuno si è svegliato da poco. Lo vede passare.

È Jun.

È Jun che se ne va.

Ha un libro, in mano, che la sta portando lontano.

(Addio, Dann. Addio, piccolo signor Rail, che mi hai insegnato la vita. Avevi ragione tu: non siamo morti. Non è possibile morire vicino a te. Perfino Mormy ha aspettato che tu fossi lontano per farlo. Adesso sono io che vado lontano. E non sarà vicino a te che morirò. Addio, mio piccolo signore, che sognavi i treni e sapevi dov'era l'infinito. Tutto quel che c'era io l'ho visto, guardando te. E sono stata ovunque, stando con te. È una cosa che non riuscirò a spiegare mai a nessuno. Ma è così. Me la porterò dietro, e sarà il mio segreto più bello. Addio, Dann. Non pensarmi mai, se non ridendo. Addio.)

SEI

1

– 4200 uno... 4200 due......
– 4600!
– 4600 al signore in fondo alla sala, grazie signore, 4600...... 4600 uno... 4600 due...... siamo a 4600, gentili signori non vorrete costringermi a regalare, praticamente regalare, questo oggetto di incontestabile valore artistico e anche, mi si consenta, morale... siamo fermi a 4600, signori... 4600 due...... 4600
– 5000!
– 5000! Vedo che finalmente lor signori hanno preso coraggio... lasciatemi dire, sulla scorta della mia esperienza decennale, esperienza che sfido chiunque a contestare, lasciatemi dire, signori, che questo è il momento giusto di sparare le vostre cartucce... ho qui un'offerta di 5000 che sarebbe un delitto lasciare così sul tavolo senza nemmeno...
– 5400!
– Il signore rialza di 400, grazie, signore... Siamo a 5400..... 5400 uno... 5400 due...
Quando misero all'asta i beni del signor Rail – noiosa procedura resa indispensabile dalla singolare tenacia

dei suoi creditori – il signor Rail pretese di esser portato a Leverster e di assistere personalmente alla cosa. Non aveva mai visto un'asta in vita sua: lo incuriosiva.

– E poi li voglio vedere in faccia uno a uno quegli avvoltoi.

Stava seduto in ultima fila: non perdeva una parola e si guardava intorno come rapito. Uno ad uno se ne andavano i pezzi più pregiati della sua casa. Li vedeva passare e sparire, uno dopo l'altro, e cercava di immaginare i salotti in cui sarebbero finiti. Nutriva la ferma convinzione che nessuno di loro avrebbe gradito il trasferimento. Non sarebbe più stata la stessa vita, nemmeno per loro. Il san Tommaso di legno, altezza naturale, finì per una cifra considerevole a un uomo coi capelli unti e, sicuramente, l'alito pesante. Lo scrittoio fu a lungo conteso da due signori che sembravano essersene perdutamente innamorati: la spuntò quello più vecchio, il cui profilo ebete escludeva a priori l'eventualità che gli potesse effettivamente risultare utile uno scrittoio. Il servizio di porcellane cinesi finì a una signora la cui bocca rendeva raccapricciante l'idea di essere una tazza del suddetto servizio. La collezione di armi antiche fu rilevata da uno straniero che ne avrebbe potuto utilmente fare uso su se stesso. Il grande tappeto blu della sala da pranzo finì a un innocuo signore che per errore aveva alzato la mano, con gesto convincente, nel momento sbagliato. La *dormeuse* scarlatta andò a custodire il riposo di una signorina che aveva fatto sapere, al suo fidanzato e a tutti gli astanti, di volere a tutti i costi "quel curioso letto". Se ne andavano in giro per il mondo, insomma, tutti quei pezzi della storia del signor Rail: ad abitare miserie altrui. Non era un bello spettacolo. Un po' come vedersi svaligiare la casa: ma al rallentatore e in modo molto ben organizzato. Impassibile, nella sua sedia in ultima fila, il signor Rail prendeva commiato da tutte quelle cose, con la curiosa sensazione di sentirsi limare, lentamente, la vita. Sarebbe anche potuto andarsene, dopo un po'. Ma in fondo aspettava qualcosa. E quel qualcosa arrivò.

– Signori, in tanti anni di umile esercizio della mia professione mai, prima d'ora, ho avuto l'onore di porre all'incanto...

Il signor Rail chiuse gli occhi.

– ... in cui la bellezza delle forme si unisce alla genialità della concezione...

Purché lo faccia in fretta.

– ... vero oggetto per amatori, testimonianza preziosa del patrio progresso...

Che lo faccia e sia finita.

– ... un'autentica, vera e tuttora funzionante locomotiva.

Ecco.

A disputarsi Elisabeth provvidero un barone con una insopportabile esse blesa e un vecchio signore dall'aria modesta e qualunque. Il barone agitava nell'aria il suo bastone scandendo le offerte con una solennità che voleva essere definitiva. Meticolosamente, ogni volta, il vecchio signore dall'aria qualunque rialzava di un niente l'offerta provocando palese irritazione presso il barone e il suo *entourage*. Gli occhi del signor Rail passavano da uno all'altro centellinando ogni piccola sfumatura di quel singolare duello. Con evidente soddisfazione del banditore la sfida non accennava a trovare una soluzione. Sarebbero stati capaci di continuare per ore, quei due. L'interruppe l'imprevedibile limpidezza di una voce femminile che risuonò con la sicurezza di un comando e la dolcezza di una preghiera.

– Diecimila.

Il barone sembrò ammutolito dallo stupore. Il vecchio signore dall'aria qualunque abbassò lo sguardo. In piedi, in fondo alla sala, una signora vestita con splendida eleganza ripeté

– Diecimila.

Il battitore parve risvegliarsi da un inspiegabile incantamento. Batté la cifra tre volte, un po' affrettatamente, vagamente incerto sul da farsi. Poi mormorò, nel silenzio generale

– Assegnato.

La signora sorrise, si voltò ed uscì dalla sala.

Il signor Rail non l'aveva neanche guardata. Sapeva però che quella voce non l'avrebbe dimenticata facilmente. Pensò: "Magari si chiama Elisabeth. Magari è bellissima". Poi non pensò più niente. Restò nella sala fino alla fine, ma con la mente spenta, e tra le braccia di un'improvvisa, dolcissima stanchezza. Quando tutto finì, si alzò, prese cappello e bastone e si fece accompagnare fuori, alla carrozza. Ci stava salendo quando vide avvicinarsi una signora vestita con spendida eleganza. Aveva il viso coperto da una veletta. Gli porse una grande busta e disse

– Da parte di un nostro comune amico.

Poi sorrise e se ne andò.

Seduto nella carrozza che tra mille scossoni usciva dalla città il signor Rail aprì la busta. Dentro c'era il contratto d'acquisto di Elisabeth. E un biglietto con su scritta una sola parola.

Fregàti.

E una firma.

Hector Horeau

La grande casa del signor Rail sta sempre là. Semivuota, ma da fuori non si vede. C'è ancora Brath, che ha sposato Mary, e c'è ancora Mary che ha sposato Brath, e aspetta un figlio che forse è di Brath forse no, non importa. C'è ancora il signor Harp, che pensa ai campi e alle piantagioni. Non c'è più la vetreria, com'è giusto, d'altronde, visto che da anni non c'è più il vecchio Andersson. Nel prato, ai piedi della collina, c'è Elisabeth. Le hanno tolto tutti quei binari da davanti, le hanno giusto lasciato i due che ha sotto le ruote. Se i treni naufragassero e le ferrovie fossero in cielo, sembrerebbe il relitto di un treno, posato sul fondale erboso del mondo. Come pesci, ogni tanto, ci girano attorno i bambini di Quinnipak. Vengono dal paese, apposta per vederla: i grandi raccontano che ha fatto il giro del mondo e alla fine è arrivata lì e ha deciso di fermarsi perché era stanca da morire. Ci girano attorno, i bambini di Quinnipak, muti come pesci per non svegliarla.

Lo studio del signor Rail è pieno di disegni: fontane. Prima o poi ci sarà davanti alla casa una grande fontana tutta di vetro con l'acqua che salirà e scenderà al ritmo della musica. Quale musica? Qualunque musica. E com'è possibile? Tutto è possibile. Non ci credo. Vedrai. In mezzo a tutti quei disegni, appesi dappertutto, c'è anche un ritaglio di giornale. C'è scritto che hanno ammazzato un uomo, uno dei tanti operai che stanno mettendo giù i binari della grande ferrovia che porterà al mare, "lungimirante progetto, vanto della nazione, concepito e realizzato dalla fervida mente del cavalier Bonetti, pioniere del progresso e dello sviluppo spirituale del regno". La polizia indaga. Il ritaglio è un po' ingiallito. Quando ci passa davanti, il signor Rail non prova più né rancore, né rimorso, né soddisfazione. Più niente.

Scivolano via, le sue giornate, come parole di una liturgia antica. Scompigliate dall'immaginazione e riordinate dal fedele compasso della quotidianità. Riposano immobili su se stesse, esattamente in bilico tra ricordi e sogni. Il signor Rail. Ogni tanto, soprattutto d'inverno, gli piace starsene immobile, nella poltrona di fronte alla libreria, in giacca da casa damascata e pantofole verdi: velluto. Scorre con lo sguardo, lentamente, le coste dei libri, davanti a lui: ad una ad una le percorre, a ritmo costante, sgrana parole e colori come versetti di una litania. Se arriva alla fine, senza fretta ricomincia. Quando non riconosce più le lettere e a stento i colori – sa che è iniziata la sera.

2

All'ospedale di Abelberg – la gente lo sapeva – c'erano i matti. Con le teste rasate e una divisa a strisce grigie e marroni. Tragico esercito della pazzia. I peggiori stavano dentro delle gabbie di legno. Ma c'erano anche quelli che giravano liberamente, ogni tanto ne trovavano qualcuno che vagabondava giù, al paese, lo prendevano per mano e lo riportavano su, all'ospedale. Quando varcavano il cancello qualche volta dicevano

– Grazie.

Ce ne sarà stato un centinaio, di matti, ad Abelberg. Con un medico e tre suore. E c'era una specie di assistente. Era un uomo silenzioso, dai modi gentili, avrà avuto una sessantina d'anni. Un giorno si era presentato lì, con una piccola valigia.

– Lei crede che potrei fermarmi qui? Posso fare molte cose e non sarò di peso a nessuno.

Il medico non trovò nulla in contrario. Le tre suore trovarono che, a suo modo, era un uomo simpatico. Lui si stabilì nell'ospedale. Con mite precisione assolveva ai compiti più diversi, come stregato da una trascendentale rinuncia a qualsiasi ambizione. Non si rifiutava a nulla: solo si permetteva di declinare, con cortese fermezza,

qualsiasi invito a uscire, anche solo per un'ora, dall'ospedale.

– Preferisco rimanere qui. Davvero.

Si ritirava nella sua stanza, ogni sera, alla stessa ora.
Sul suo comodino non c'erano libri, non c'erano ritratti.
Nessuno mai lo aveva visto scrivere o ricevere una lettera. Sembrava un uomo venuto dal nulla. La totale indeci-
frabilità della sua esistenza era giusto venata da una singolare, e non insignificante, incrinatura: periodicamente
lo trovavano accucciato in un angolo nascosto dell'ospedale, col volto irriconoscibile, e una cantilena che gli
usciva dalla bocca, a mezza voce. Era una cantilena fatta
dall'inesausta e sommessa ripetizione di una sola parola.

– Aiuto.

La cosa succedeva due, tre volte l'anno, non di più.
Per una decina di giorni l'assistente dimorava in uno stato di inoffensiva ma profonda estraneità nei confronti di
tutto e di tutti. Le suore avevano preso l'abitudine, in
quei giorni, di fargli indossare la divisa a strisce grigie e
marroni. Quando la crisi cessava, l'assistente tornava alla
più rassicurante ed assoluta normalità. Si toglieva la divisa a strisce e tornava a indossare il camice bianco con cui
tutti erano abituati a vederlo girare per l'ospedale. Ri-
prendeva da capo la sua esistenza, come se nulla fosse
successo.

Per anni, l'assistente consumò con diligente abnegazione quella singolare esistenza che oscillava pacifica-
mente sulla impalpabile linea di confine che divideva il
camice bianco dalla divisa a strisce. Il pendolo del suo
mistero aveva cessato di stupire e macinava silenzioso un
tempo che avrebbe anche potuto rivelarsi infinito. Fu
con incredulità che, un giorno, videro improvvisamente
il suo meccanismo incepparsi.

L'assistente stava camminando lungo il corridoio del
secondo piano quando i suoi occhi caddero su qualcosa

che per mille volte, in tanti anni, avevano già visto. E che, pure, in quell'istante sembrarono vedere per la prima volta. C'era un uomo, accartocciato per terra, nella sua divisa a strisce grigie e marroni. Con sistematica meticolosità, divideva i suoi escrementi in piccoli pezzetti che poi, lentamente, infilava in bocca e masticava, paziente e imperturbabile. L'assistente si fermò. Si avvicinò all'uomo e gli si accovacciò davanti. Prese a fissarlo, come rapito. L'uomo parve non accorgersi nemmeno della sua presenza. Continuò nel suo assurdo ma preciso lavoro. Per minuti e minuti, l'assistente rimase immobile a fissarlo. Poi, quasi impercettibilmente, la sua voce iniziò a scivolare tra i mille rumori di quel corridoio popolato di innocenti mostri.

"Merda. Merda, merda, merda, merda. State tutti in un lago di merda. Vi marcisce il culo in un oceano di merda. Vi marcisce l'anima. I pensieri. Tutto. Uno schifo grandioso, davvero, un capolavoro di schifo. Uno spettacolo. Maledetti vigliacchi. Io non vi avevo fatto niente. Volevo solo vivere, io. Ma non si può, vero? Bisogna crepare, bisogna stare in fila a marcire, uno dietro l'altro, lì a farsi schifo, con grande dignità. Crepate voi, bastardi. Crepate. Crepate. Crepate. Io vi vedrò crepare, uno dopo l'altro, solo questo voglio, adesso, vedervi crepare, e sputare sulla merda che siete. Dovunque vi siate nascosti, possiate farvi divorare dal più orrendo dei mali, e morire gridando di dolore senza un cane a cui importi qualcosa, soli come bestie, le bestie che siete stati, bestie infami e oscene. Dovunque tu sia, padre mio, tu e l'orrore delle tue parole, tu e lo scandalo della tua felicità, tu e il disgusto della tua viltà... che tu possa crepare di notte, con la paura che ti stringe la gola, e un male infernale dentro, e il tanfo del terrore addosso. E con te crepi la tua donna, vomitando bestemmie che le guadagneranno un paradiso infinito di tormenti. L'eternità non le basterà per pagare tutte le sue colpe. Possa crepare tutto ciò che avete toccato, le cose che avete visto e ogni singola parola che avete detto. Che avvizziscano i prati dove avete posato i vostri piedi squallidi, e scoppino come vesciche putrescenti le persone che avete lordato col tanfo dei vostri sorrisi. È questo che io voglio. Vedervi crepare, voi che mi avete dato la vita. E insieme a voi tutti quelli che poi me l'hanno tolta, goccia dopo goccia, nascosti ovunque, a spiare nient'altro che i miei desideri. Io sono Hector Horeau e vi odio. Odio i sonni che dormite, odio l'orgoglio con cui cullate lo squallore dei vostri bambini, odio ciò che toccano le vostre mani marce, odio quando vi vestite per la festa, odio i soldi che avete in tasca, odio la bestemmia atroce di quando vi permettete di piangere, odio i vostri occhi, odio l'oscenità del vostro buon cuore, odio i pianoforti che come bare popolano il cimitero dei vostri salotti, odio i vostri amori schifosamente giusti, odio tutto quello che mi avete insegnato, odio la miseria dei vostri sogni, odio il rumore delle vostre scarpe nuove, odio ogni singola parola che avete mai scritto, odio ogni momento in cui mi avete toccato, odio tutti gli istanti in cui avete avuto ragione, odio le madonne che pendono sui vostri letti, odio il ricordo di quando ho fatto l'amore con voi, odio i vostri segreti da niente, odio tutti i vostri giorni più belli, odio tutto quello che mi avete rubato, odio i treni che non vi hanno portato lontano, odio i libri che avete lordato con i vostri sguardi, odio lo schifo delle vostre facce, odio il suono dei vostri nomi, odio quando vi abbracciate, odio quando battete le mani, odio quel che vi commuove, odio ogni singola parola che mi avete strappato, odio la miseria di quel che vedete quando guardate lontano, odio la morte che avete seminato, odio tutti i silenzi che avete straziato, odio il vostro profumo, odio quando vi capite, odio qualsiasi terra che vi abbia ospitato, e odio il tempo che è passato su di voi. Ogni minuto di quel tempo è stata una bestemmia. Io disprezzo il vostro destino.

E ora che mi avete rubato il mio, solo mi importa sapervi crepati. Il dolore che vi spezzerà sarò io, l'angoscia che vi consumerà sarò io, il tanfo dei vostri cadaveri sarò io, i vermi che si ingrasseranno con le vostre carcasse sarò io. E ogni volta che qualcuno vi dimenticherà, lì ci sarò io.

Volevo poi solo vivere.

Bastardi."

Quel giorno, l'assistente si infilò mitemente la divisa a strisce per non togliersela mai più. Il pendolo si era inceppato per sempre. Nei sei anni che ancora trascorse nell'ospedale nessuno lo udì pronunciare una sola parola. Fra le infinite violenze a cui si abbevera la pazzia, l'assistente scelse per sé la più sottile e inattaccabile: il silenzio. Morì, una notte d'estate, con il cervello inondato di sangue. Un rantolo orribile se lo portò via, con la rapacità fulminea di uno sguardo.

3

Come si è già avuto modo di osservare, è consuetudine del destino dare strani appuntamenti. Per dire: stava facendo il suo bagno mensile, Pekisch, quando sentì distintamente risuonare la musica di *Fiori aulenti*. In sé la cosa potrà non sembrare significativa: si tenga conto però che nessuno, in quel momento, la stava suonando, la musica di *Fiori aulenti*: né a Quinnipak, né altrove. In senso stretto, quella musica, in quel momento, esisteva solo nella testa di Pekisch. Piovuta chissà da dove.

Pekisch finì il bagno, ma non finì la singolare, e assolutamente privata, esecuzione di *Fiori aulenti* (a quattro voci con accompagnamento di pianoforte e clarinetto). Con crescente stupore del privilegiato e unico ascoltatore, essa proseguì per tutto il giorno: a un volume misurato, ma con ferma ostinazione. Era un mercoledì e Pekisch doveva accordare l'organo della chiesa. In realtà solo lui, al mondo, poteva riuscire ad accordare qualcosa con nelle orecchie l'incessante ripetizione di *Fiori aulenti*: ci riuscì, infatti, ma era esausto quando tornò nella casa della vedova Abegg. Mangiò veloce e in silenzio. Quando, inopinatamente, e in fondo senza nemmeno accorgersene, si mise a fischiettare fra una forchettata e l'altra, la signora Abegg interruppe il suo consueto monologo serale per dire allegramente

– Io la conosco quella canzone...

– Già.

– È *Fiori aulenti*.

– Già.

– È una canzone molto bella, vero?

– Dipende.

Quella notte Pekisch dormì poco e male. Si alzò, al mattino, e *Fiori aulenti* era ancora là. Mancava il clarinetto, ma a sostituirlo erano sopraggiunti un paio di violini e un contrabbasso. Senza nemmeno vestirsi Pekisch si sedette al pianoforte con l'intenzione di accodarsi alla singolare esecuzione e la segreta speranza di riuscire a trascinarla verso un bel finalino. Ma si accorse subito che qualcosa non quadrava: non sapeva dove mettere le mani. Lui, che era in grado di riconoscere qualsiasi nota, non riusciva a capire in che diavolo di tonalità suonasse quella maledetta orchestrina chiusa nella sua testa. Decise di andare per tentativi. Provò in tutti i toni possibili ma sempre il suono del pianoforte risultava inesorabilmente stonato. Finì per arrendersi. Ormai era chiaro: non solo quella musica non accennava a finire: era anche fatta di note invisibili.

– Ma che cazzo di scherzo è questo?

Per la prima volta, dopo tanti anni, Pekisch tornò a sentirsi pungere dall'ago della paura.

Fiori aulenti continuò indisturbata per quattro giorni. All'alba del quinto, Pekisch sentì nitidamente entrargli in testa l'inconfondibile melodia di *Quaglie al mattino*. Corse in cucina, si sedette a tavola senza nemmeno salutare e disse perentorio

– Signora Abegg, le devo dire una cosa.

E le raccontò tutto.

La vedova rimase sconcertata ma mostrò una certa propensione a non drammatizzare.

– Se non altro ci siamo liberati di *Fiori aulenti*.

– No.

– Come no?

– Suonano insieme.

– *Fiori aulenti* e *Quaglie al mattino*?

– Sì. Una sull'altra. Due orchestre diverse.

– Oddio.

Ovviamente nessuno, all'infuori di Pekisch, sentiva il gran concerto. La signora Abegg provò anche, in via del tutto sperimentale, a premere un orecchio sulla testa di Pekisch: confermò che non si sentiva una sola nota. Era tutto dentro, il gran casino.

Al limite uno avrebbe anche potuto tollerare di vivere con nella testa *Fiori aulenti* e *Quaglie al mattino*: uno come Pekisch, quanto meno. Il fatto è che nei venti giorni seguenti si aggiunsero in rapida e alla fine quasi quotidiana successione *Torna il tempo*, *Notte nera*, *Dolce Mary dove sei?*, *Conta i soldi e canta*, *Cavoli e lacrime*, *Inno alla corona* e *Per tutto l'oro del mondo no, non verrò*. Quando, all'alba del ventunesimo giorno, si profilò all'orizzonte l'intollerabile melodia di *Hop, hop salta cavallino*, Pekisch si arrese e si rifiutò d'alzarsi dal letto. Lo stava squassando, tutta quella sinfonia assurda. Se lo stava bevendo giorno dopo giorno, se lo stava cucinando per bene. La vedova Abegg passava ore seduta vicino al suo letto, senza saper cosa fare. Passavano, un po' tutti, a trovarlo, ma nessuno sapeva cosa dire. Ce ne sono tante, di malattie, ma quella che diavolo era? Non ci sono mica medicine per le malattie che non esistono.

Insomma, gli era scoppiata la musica in testa, a Pekisch. Non c'era più niente da fare. Non si può vivere con quindici orchestre che ci danno dentro, tutto il santo giorno, blindate dentro la testa. Non ce la fai a dormire, non ce la fai a parlare, a mangiare, a ridere. Non ti riesce più nulla. Stai lì e cerchi di resistere. Che altro puoi fare? Pekisch stava lì, e cercava di resistere.

Poi, una notte, successe che si alzò, e con infinita fatica traballò fino alla stanza della signora Abegg. Aprì piano la porta, si avvicinò al letto e si sdraiò accanto a lei. C'era un gran bel silenzio, tutt'intorno. Per tutti, tranne che per lui. Parlò piano, ma lei lo sentì.

– Stanno incominciando a stonare. Sono cotti. Sono bell'e che cotti.

Voleva rispondergli un sacco di cose, la vedova Abegg. Ma quando ti viene quella voglia di piangere pazzesca, che proprio ti strizza tutto, che non la riesci a fermare, allora non c'è verso di spiaccicare una sola parola, non esce più niente, ti torna tutto indietro, tutto dentro, ingoiato da quei dannati singhiozzi, naufragato nel silenzio di quelle stupide lacrime. Maledizione. Con tutto quello che uno vorrebbe dire... E invece niente, non esce fuori niente. Si può esser fatti peggio di così?

Ai funerali di Pekisch, con una certa logica, la gente di Quinnipak decise di non suonare una sola nota. In un meraviglioso silenzio, la cassa di legno attraversò il paese e salì fino al cimitero portata a spalla dall'ottava più bassa dell'umanofono. "La terra ti sia lieve, come tu sei stato per lei" recitò Padre Obry. E la terra rispose: "Così sia".

... così che, pagina dopo pagina, arrivò all'ultima. Leggeva lentamente.

Accanto a lei, una donna vecchissima guardava di fronte a sé con occhi da cieca e ascoltava.

Lesse le ultime righe.

Lesse l'ultima parola.

E l'ultima parola era: America.

Silenzio.

– Continua, Jun. Hai voglia?

Jun alzò lo sguardo dal libro. Davanti c'erano chilometri di colline e poi una scogliera e poi il mare e poi una spiaggia e poi un bosco dopo l'altro e poi una lunga pianura e poi una strada e poi Quinnipak e poi la casa del signor Rail e dentro il signor Rail.

Chiuse il libro.

Lo girò.

Lo riaprì alla prima pagina e disse

– Sì.

Senza tristezza, però. Bisogna immaginarselo detto senza tristezza.

– Sì.

... wenn ein Glückliches fällt.

SETTE

Transatlantico *Atlas*
14 febbraio 1922

Le prime volte, il capitano Abegg si toglieva la divisa, e facevamo l'amore. Mi incrociava sul ponte, mi sorrideva e io scendevo in cabina. Dopo un po' arrivava. Quando avevamo finito, alle volte si fermava. Mi raccontava di lui. Mi chiedeva se avevo bisogno di qualcosa. Adesso è diverso. Lui entra e nemmeno si spoglia più. Mi infila le mani sotto i vestiti, per eccitarsi, poi mi fa sedere sul letto e si apre i pantaloni. Resta lì in piedi davanti a me. Si masturba e poi me lo ficca in bocca. Non sarebbe lo schifo che è se almeno stesse zitto. Ma lui deve parlare. Gli si ammoscia se non parla. "Ti piace, eh, troia? E allora succhialo, cagna schifosa, prenditelo in gola, dài, che ti fa godere, stupida troia." Chissà che gusto c'è a dare della troia alla donna che ti sta facendo un pompino. Che senso ha? Lo so benissimo che sono una troia. Ci sono molti modi per attraversare l'oceano senza pagare il biglietto. Io ho scelto quello di succhiare il cazzo del capitano Charlus Abegg. Un baratto alla pari. Lui ha il mio corpo, io ho una cabina della sua maledetta nave. Prima o poi arriveremo e tutto sarà finito. Questo schifo di merda. Alla fine lui viene. Fa delle specie di ridicoli ruggiti e mi riempie la bocca di sperma. Ha un gusto orrendo. Quello di Tool era diverso. Aveva un buon gusto, il suo. D'altronde lui mi amava, ed era Tool. Così io mi alzo e vado a sputare tutto nel cesso, cercando di non vomitare. Alle volte quando torno di là il capitano se n'è già andato. Senza una parola. Allora penso "È finita, per questa volta è finita", mi rannicchio nel letto e vado a Quinnipak. Me l'ha insegnata Tool questa cosa. Andare a Quinnipak, dormire a Quinnipak, fuggire a Quinnipak. Ogni tanto gli chiedevo "Dove sei stato, che tutti ti cercavano?". E lui diceva "Ho fatto un salto a Quinnipak". È una specie di gioco. Serve quando hai lo schifo addosso, che proprio non c'è verso di togliertelo. Allora ti rannicchi da qualche parte, chiudi gli occhi, e inizi ad inventarti delle storie. Quel che ti viene. Ma lo devi fare bene. Con tutti i particolari. E quello che la gente dice, e i colori, e i suoni. Tutto. E lo schifo a poco a poco se ne va. Poi torna, è ovvio, ma intanto, per un po', l'hai fregato. La prima volta che lo beccarono, Tool, lo portarono in galera su un furgone. C'aveva una finestrella. Tool aveva paura della galera. Guardava fuori e si sentiva morire. Passarono un incrocio e sul bordo della strada c'era una freccia che indicava la via per un paese. È lì che Tool lesse quel nome: Quinnipak. Per uno che sta andando in galera, vedere una freccia che porta altrove dev'essere come guardare in faccia l'infinito. Qualsiasi cosa ci fosse, laggiù, era comunque vita, e non galera. Così quel nome gli rimase appiccicato in testa. Quando uscì aveva cambiato faccia. Era invecchiato. Io però l'avevo aspettato. Gli dissi che l'amavo come prima e che avremmo ricominciato tutto da capo. Ma non era facile venir fuori da quel merdaio lì. La miseria ti stava addosso, non ti perdeva di vista un attimo. Eravamo praticamente cresciuti insieme, io e Tool, in quello schifo di quartiere meraviglioso. Quando eravamo piccoli abitavamo uno di fianco all'altro. Ci eravamo costruiti un lungo tubo di carta, e la sera ci sporgevamo dalla finestra e ci parlavamo dentro: ci raccontavamo i segreti. Quando non ne avevamo, ce li inventavamo. Era il nostro mondo, insomma. Da sempre. Uscito di galera Tool andò a lavorare in un cantiere un po' speciale: mettevano giù i binari per le ferrovie. Una cosa strana. Io lavoravo all'emporio, da Andersson. Poi il vecchio morì e andò tutto in malora. È ridicolo, ma quello che mi sarebbe piaciuto fare era cantare. Ho una bella voce, io. Avrei potuto cantare in un coro, o in uno di quei posti dove la gente ricca beve e passa le serate a fumare sigarette. Ma non c'era roba del genere lì da noi. Tool diceva che suo nonno faceva il maestro di musica. E aveva inventato degli strumenti che non esistevano prima. Ma non so se era vero. Era morto, suo nonno. Io non l'avevo mai visto. E nemmeno Tool. Tool diceva anche che un giorno sarebbe diventato ricco e che mi avrebbe portato in treno, fino al mare, a vedere le navi che partivano. Ma poi non cambiava niente, e tutto continuava uguale. Alle volte era orribile. Scappavamo a Quinnipak, ma neanche più quello funzionava. Tool ci stava male. Gli veniva una faccia che faceva paura. Era come se odiasse tutto il mondo. Però era una faccia bellissima. Io andai a lavorare nel quartiere dei ricchi. Facevo la cuoca in casa di uno che aveva fatto i soldi con le assicurazioni. Un bello schifo anche lì. Mi metteva le mani addosso sotto gli occhi di sua moglie. Con la moglie lì davanti, roba da non crederci. Ma non potevo andarmene. Pagavano. Pagavano anche bene. Poi un giorno morì uno che si chiamava Marius Jobbard: e dissero che era stato Tool a ucciderlo. Quando arrivò la polizia Tool era con me. Lo presero e se lo portarono via. Mi guardò e mi disse due cose: Tu sei troppo bella per tutto questo. E poi: Ci vediamo a Quinnipak. Non so se l'aveva ucciso davvero lui. Non gliel'ho mai chiesto. Che importanza aveva? Comunque il giudice decise che era stato lui. Quando lo condannarono uscì anche la notizia sul giornale. Me lo ricordo perché, di fianco, c'era la notizia di un enorme palazzone di vetro che, non so più dove, era completamente bruciato, la notte prima. E io pensai: ha deciso di andarsene tutto in fumo, oggi. Tutto in merda. Tool l'ho rivisto un po' di volte. Andavo a trovarlo in galera. Poi non ce l'ho più fatta. Non era più lui. Stava tutto il tempo zitto, e mi guardava. Mi fissava come ipnotizzato. Aveva degli occhi bellissimi, Tool. Ma mi spaventava a guardarmi così. Non son più riuscita a tornare. Lo cercavo, ogni tanto, a Quinnipak, ma nemmeno là lo trovavo più. Era finita. Era proprio finita. Così è successo che ho deciso di andarmene. Chissà dove l'ho presa la forza per farlo. Ma un giorno ho riempito una valigia e me sono andata. Il capitano Abegg me lo aveva fatto conoscere una mia amica. Lui diceva che dall'altra parte dell'oceano era tutto diverso. E io son partita. Mio padre non disse niente. Mia madre piangeva e basta. Solo Elena mi ha accompagnato fino in fondo alla strada. Elena è una bambina, ha otto anni. "Perché scappi?" mi ha chiesto. "Non lo so." Non lo so, Elena, perché scappo. Ma lo capirò. A poco a poco, ogni giorno, lo capirò. "E poi me lo dici, quando l'hai capito?" "Sì." Te lo dirò. Ovunque sarò, anche se sarò lontanissimo, prenderò una penna e un foglio, una penna e mille fogli, e ti scriverò, piccola Elena, e ti dirò perché uno poi, nella vita, alla fine, scappa. Promesso.

Dicono che fra tre giorni arriveremo. Ancora tre pompini e sarò dall'altra parte dell'oceano. Incredibile. Chissà com'è quella terra laggiù. Ogni tanto sono sicura che là ci sarà la felicità. Ogni tanto, solo a pensarci, mi viene una tristezza pazzesca. Chi ci capisce più niente. Ne ho visto tante, ma solo due cose sono riuscite a mettermi addosso tanta voglia e tanta paura nello stesso momento.

Il sorriso di Tool, quando c'era Tool.

E adesso l'America.

Indice

NELLA COLLANA BUR LA SCALA

ALESSANDRO BARICCO
Oceano mare

Oceano mare ruota intorno alla Locanda Almayer, dove si intrecciano storie di naufragi, di brutali omicidi, di amori spezzati: sette stanze, approdo di personaggi strani, o misteriosi, o buffi, che sognano, aspettano, cercano qualcosa. Hanno incontrato il mare, dal mare il loro destino è stato segnato. Ad ascoltare la loro storia si sente la voce del mare.

pp.240, L. 14000

ALESSANDRO BARICCO
Castelli di rabbia

Una piccola galassia di storie che si intrecciano in una cittadina immaginaria, Quinnipak, che consente ai suoi abitanti di esprimersi al meglio delle loro possibilità, inseguendo ciascuno i suoi sogni, le sue aspirazioni, i suoi desideri di infinito in un'atmosfera ottocentesca esultante di inventività tecnico-scientifica e insieme artistica.

pp.256, L. 14000

ALBERT CAMUS

La morte felice

A cura di Jean Sarocchi
Introduzione e traduzione di Giovanni Bogliolo

*Patrice Mersault, il protagonista, uccide un uomo ricco,
Zagreus, per impossessarsi del suo denaro e garantirsi così
una vita diversa. Crede, con la ricchezza, di poter
controllare il tempo e si scopre, invece, incapace di entrare
in rapporto attivo col mondo e minato nel fisico dalla
malattia. Morirà, malgrado tutto, felice, poiché
" la felicità implica una scelta e, all'interno di questa
scelta, una volontà cosciente e lucida. Non la volontà
della rinuncia, ma la volontà della felicità"*

pp. 176, L. 14000

CARLO CASSOLA

Paura e tristezza

Introduzione di Natalia Ginzburg

*Anna è una ragazza poverissima che, nata, come lei dice,
"bastarda", vive con la madre.
La sua esistenza si snoda lentamente tra la miseria
della prima infanzia in campagna e la giovinezza in città
a servizio presso una contessa per finire poi sposata a un
contadino, senza amore ma sempre remissiva e sottomessa
a un destino che sembra volerla comunque vittima,
simbolo di un'infelicità senza rimedio.*

pp. 368, L. 16000

PIETRO CITATI

Ritratti di donne

*Le mistiche italiane e santa Teresa, Jane Austen e
Karen Blixen, Marina Cvetaeva e Simone Weil,
Ingeborg Bachmann, Cristina Campo
e Flannery O'Connor...
Forse la letteratura non ha mai raggiunto
le sue estreme possibilità tragiche come
in queste vite di donne,
in questi libri scritti da donne.
Un grande lettore ce ne racconta la vita e le opere.*

pp. 336, L. 16000

ALBERT COHEN

Bella del Signore

Traduzione di Eugenio Rizzi

*Ariane e Solal,
lei nobile di nascita, lui altissimo dirigente
della Società delle Nazioni,
entrambi alteri, irrequieti e bellissimi, si incontrano,
si amano e fuggono verso la ricerca di una passione
assoluta e esteticamente perfetta.
La perfezione formale però non esiste,
l'amore a poco a poco si illanguidisce e viene sostituito
dalla noia, fino alle estreme conseguenze.*

pp. 800, L. 18000

ROSETTA LOY

Cioccolata da Hanselmann

*Anni Trenta: un uomo, un giovane scienziato ebreo di cui
due sorellastre, Isabella e Margot,
sono entrambe innamorate.
La serenità di un tranquillo rifugio in Svizzera non riesce
a cancellare gli orrori della guerra e delle persecuzioni
razziali, né a evitare una violenta ribellione contro il
ricatto, una scomparsa misteriosa e un epilogo che è un
sorprendente antefatto.*

pp. 220, L. 14000

YASUNARI KAWABATA

Koto

Traduzione di Mario Teti

*Due ragazze, Chieko e Naeko, si incontrano e scoprono di
essere gemelle. Hanno però avuto dal destino storie
diverse: la prima, abbandonata dai genitori poveri, viene
allevata dalla famiglia di un originale e benestante
mercante di kimono, mentre la sorella, morti presto la
madre e il padre, deve guadagnarsi la vita lavorando nei
boschi della montagna. Malgrado il profondo legame che
le unisce, alla fine le due sorelle torneranno a percorrere
strade diverse.*

pp. 160, L. 14000

GEORGES PEREC

La vita istruzioni per l'uso

Traduzione di Dianella Selvatico Estense

*Un romanzo che non assomiglia a nessun altro e che è
diventato un libro di culto in tutto il mondo.
Un puzzle affascinante la cui ossatura è costituita
da una casa parigina.
Ciascuno dei novantanove pezzi del puzzle è un capitolo
corrispondente a un appartamento del quale fotografa gli
inquilini, i loro oggetti, le azioni,
i ricordi, le sensazioni, le fantasticherie.*

pp. 580, L. 16500

MICHELE PRISCO

La provincia addormentata

Introduzione di Giorgio Petrocchi

*Una raccolta di racconti dove domina l'analisi psicologica
dei personaggi segnati da vicende dolorose e segrete,
rappresentanti emblematici di un mondo in decadenza,
ormai privo di energia morale.
Dappertutto affiorano l'orgoglio e il mutismo di una
borghesia affossata nel tempo,
ma al di sopra di tutto campeggiano due sentimenti:
quello della terra e quello della famiglia.*

pp. 260, L. 14000

BUR
Periodico settimanale: 12 dicembre 1999
Direttore responsabile: Evaldo Violo
Registr. Trib. di Milano n. 68 del 1°-3-74
Spedizione in abbonamento postale TR edit.
Aut. N. 51804 del 30-7-46 della Direzione PP.TT. di Milano
Finito di stampare nel dicembre 1999 presso
il Nuovo Istituto Italiano d'Arti Grafiche - Bergamo
Printed in Italy

ISBN 88-17-10611-9